아홉 개의 인생정원

2018년 3월 10일 1판 1쇄 인쇄
2018년 3월 20일 1판 1쇄 발행

지음 비비안 스위프트 | 옮김 윤서인
펴낸이 김상일 | 펴낸곳 도서출판 키다리
책임편집 김상일 | 편집 위정은 | 디자인 이정미 | 마케팅 옥정연 | 관리 김영숙
출판등록 2004년 11월 3일 제406-2010-000095호
주소 경기도 파주시 회동길 216
전화 031-955-1600 | 팩스 031-624-1601
이메일 kidaribook@naver.com | 페이스북 www.facebook.com/kidaribook
ISBN 979-11-5785-190-4(03840)

GARDENS OF AWE AND FOLLY
@2016 by Vivian Swift
All Rights Reserved.

Korean translation copyright ⓒ2018 by KIDARI PUBLISHING CO.
This translation of GARDENS OF AWE AND FOLLY, first edition is published by KIDARI PUBLISHING CO.
by arrangement with Bloomsbury Publishing Inc. through EYA(Eric Yang Agency).

이 책의 한국어판 저작권은 EYA(Eric Yang Agency)를 통한 Bloomsbury Publishing Inc.사와의
독점계약으로 '도서출판 키다리'가 소유합니다.
저작권법에 의하여 한국 내에서 보호를 받는 저작물이므로 무단전재 및 복제를 금합니다.

이 도서의 국립중앙도서관 출판시도서목록(CIP)은
e-CIP 홈페이지(http://www.nl.go.kr/cip.php)에서 이용하실 수 있습니다. (CIP제어번호: CIP2018002234)

잘못된 책은 구매하신 곳에서 교환할 수 있습니다.

참좋은날은 도서출판키다리가 만드는 성인 단행본 브랜드입니다.

가든 트래블

아홉 개의 인생정원

비비안 스위프트 지음 | 윤서인 옮김

참
좋은날

존경하는 가드너
제임스 스톤에게

차례

파리   15
세계 정원의 중심

키웨스트   35
추방된 식물들의 마지막 안식처

마라케시   57
오아시스에서 보내는 주말

뉴올리언스   77
주술을 거는 장미정원

롱아일랜드 1 97
편안하고 자유로운 일본풍 정원

롱아일랜드 2 115
시인의 과수원에 찾아온 가을

에든버러 135
겨울 정원에서 마주하는 진실의 순간들

런던 153
지나간 것들을 추억하게 하는 약용 정원

리우데자네이루 169
한밤의 정원에서 맞은 일생의 한 번뿐인 순간

어떤 정원에 대해

"여기엔 뭐가 있어요?"

라고만 묻는다면

당신은 그곳에 심겨진 식물들의 이름만

줄줄이 듣게 될 겁니다.

이렇게 물으세요.

"이 정원이 왜 생겨났죠?"

"어떤 식으로 꾸민 건가요?"

"언제 만들어졌죠?"

그리고 무엇보다 중요한 질문.

"누가 가꾼 거죠?"

그러면 당신은 즐거운 대화를 오랫동안 나누게 됩니다.

나는 인생 이야기를 간직한

아홉 개의 정원에 대해 나누었던 대화를 모아

이 책에 담았습니다.

Gardeners show us
what it is to live
in daily expectation of wonder.

Ancient Sufi proverb

날마다 경이로운 광경을 기대하며 사는 건 어떤 것일까?
정원사는 바로 그것을 우리에게 보여준다.
고대 수피(Sufi) 격언

Paris

The Gardening Capital of the World

파리, 세계 정원의 중심

무심한 눈에는 보이지 않는 정원

물론 전에도 여러 번 본 적이 있었다. 센강 한복판, 수면 바로 위에 이상한 작은 숲이 떠 있는 것을. 하지만 오늘에서야 나는 퐁네프 다리를 걸어서 베르갈랑 공원Square du Vert-Galant을 직접 만나러 간다. 다리 옆에 숨어있는 이 기묘한 숲은 프랑스가 가장 사랑하는 왕, 앙리 4세를 기리는 뜻에서 베르갈랑이라는 이름이 붙었다.

베르갈랑은 선량한 왕, 앙리 4세의 별명이다. 베르vert가 푸른green을, 갈랑galant이 용감한 사나이gallant를 뜻한다는 것을 이미 알고 있더라도 그 의미를 이해하기는 쉽지 않다. 푸른 사나이의 의미는 조금 뒤에 설명하겠다.

프랑스어로 스크와square는 작은 공원을 뜻한다.

퐁네프 다리에 세워진 앙리 4세의 동상 뒤편으로 가면 어둡고 가파른 계단이 나온다. 40층으로 이루어진 7미터 길이의 이 좁은 계단을 내려가야 베르갈랑 공원에 닿는다. 이 작은 공원은 고대 파리 때 실제 지면 높이를 보여주는, 남아있는 마지막 공간이다. 2000년 전에 켈트족의 파리시$_{Parisii}$ 부족이 바로 이곳에서 어촌을 이루기도 했다.

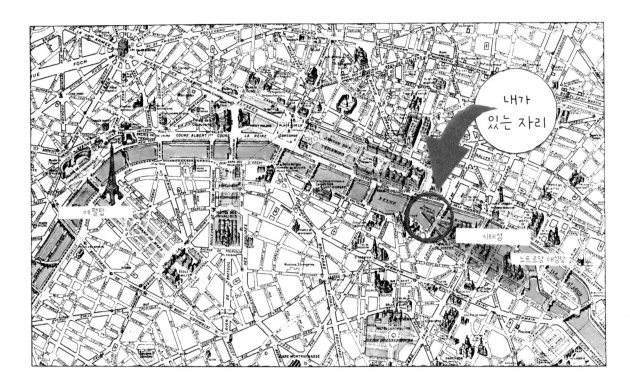

낮은 지대에 위치한 이 작은 땅덩어리는 그 어떤 특별한 대접도, 관심도 받지 못한 채 수세기를 지내왔다. 1662년에 태양왕 루이 14세가 여기에 거대한 로마식 포럼을 세울까 하는 생각을 잠깐 해보았고, 1804년에는 나폴레옹이 4층짜리 대규모 휴양시설을 건설하자는 제안을 숙고하기도 했다. 그 후에는 삼류 건설업자들의 손에 넘어가 대중목욕탕과 야외극장 자리로 고려되었다. 아이러니하게도 철저하게 방치된 덕에 이 공간이 훼손되지 않고 온전히 보전된 것은 정말 다행이다. 그러다가 1885년에 파리시가 이곳을 사들여 공원으로 만들었다.

강렬한 첫 인상 만들기, 정원 입구에 대한 감상

정원을 창조하는 이유는 이야기를 들려주기 위해서라고 나는 믿는다. 그렇다면 정원의 입구는 이야기를 짓거나 풀어낼 수 있는 아주 중요한 첫 문장이다. 그리고 훌륭한 첫 문장들의 스타일이 각양각색이듯이 훌륭한 정원 입구도 그 종류가 다양하다.

소설『모비딕』의 첫 문장, '내 이름을 이슈마엘이라고 해두자'처럼 심각하고 긴장감이 있는 입구가 있는가 하면, 창세기 1장 1절, '태초에 하나님이 천지를 창조하시니라'처럼 경외감을 불러일으키는 입구도 있고. 소설『레베카』의 첫 문장, '어젯밤, 다시 맨덜리로 가는 꿈을 꾸었다'처럼 낭만적인 정원 입구도 있다. 동화『곰돌이 푸』의 첫 문장, '지금 에드워드 베어가 쿵, 쿵, 쿵, 계단을 내려오고 있다'처럼 엉뚱하고 발랄한 입구도 있다.

베르갈랑 공원의 입구는 보자마자 시적이라는 느낌을 준다. 존 키츠John Keats의 시,『그리스 항아리에 부치는 노래』Ode on a Grecian Urn가 떠오른다.

당신은 즉시 알아차릴 것이다, 입구가 꽃병 모양이라는 것을. 입구 모양이 10세기 중국 송나라 시대 꽃병의 모양을 꼭 빼닮았다. 중국의 전통 정원은 보름달이나 버들잎, 부채, 꽃병 모양의 입구와 경치를 대단히 신중하게 배치한다. 그런 섬세한 구도에는 그 정원을 정서적이고 미학적으로 경험하게 하려는 의도가 담겨 있다.

나는 파리의 이 독특한 정원의 입구가 중국 꽃병 모양을 한 것은 순전히 우연의 일치라고 생각한다. 하지만 그것은 제 역할을 완벽하게 해낸다. 입구를 마주하는 순간, 걸음을 멈추고 풍경을 둘러보고 이제 막 들어서려는 정원을 세세하게 기억해 둬야겠다는 느낌이 든다. 바로 이때, 이 입구 앞에서 당신은 이 정원과 첫눈에 사랑에 빠질 것 같다고 느낀다.

베르갈랑 공원은 정말 작다. 면적이 겨우 800평쯤 된다. 하지만 광대하다는 느낌을 준다. 이 정원은 실제 크기보다 훨씬 더 크게 느껴진다. 그 이유는 여기가 섬이기 때문이다. 센강의 풍부한 강물에 둘러싸여 있고 혼잡한 도시와는 떨어져서 현실의 떠들썩한 사건들이 완전히 차단된 외진 곳에 와 있는 느낌이다. 이곳은 독립을 선언할 수도 있을 것이다. 이 작은 정원은 나무랄 데 없이 훌륭한 초미니 국가를 이룰 것이다.

베르갈랑 공원을 에워싸고 있는, 하늘 높이 솟은 키 큰 나무들도 그 거대한 덩치를 보란 듯이 자랑한다. 오랜 세월 동안 성장해서 웅장한 숲을 이룬 이 나무들을 보고 있자면, 이 작디작은 정원의 실제 크기는 전혀 중요하지 않게 여겨진다.

그 다음에는 풍경이 있다. 프랑스의 유구한 역사와 유산이 한눈에 들어온다. 루브르 박물관Louvre, 사마리텐 백화점La Samaritaine, 파리조폐국Monnaie de Paris, 프랑스 학사원Institut de France이 보이고, 저 멀리 그랑팔레미술관Grand Palais의 돔 지붕과 에펠탑까지 보인다. 이 풍경은 말할 수 없이 아름답고 찬란하고 감동적이다.

이 모든 것이 파리효과, 즉 주위 환경이 감각적, 정서적 경험을 고조시키는 현상으로 설명된다. 문명의 정점이라는 이 도시가 애초부터 지녀온 무한한 자신감 속에 그저 존재하는 것만으로도 당신의 자아감이 엄청나게 확장된다. 완전한 변화와 위대한 성장이 가능하다는 것을 온몸으로 느낀다.

베르갈랑 공원은 배로 치자면 시테섬이라는 배의 뱃머리로 묘사되곤 한다. 그 표현을 빌리자면, 뱃머리의 좌현으로는 센강과 그 강 왼쪽으로는 그림처럼 아름다운 풍경이 펼쳐진다. 퐁네프 다리가 보인다. 1606년에 완공된 이래로 파리시 부족의 작은 촌락의 모래톱에 내려가 볼 수 있게 해주는 다리다.

푸른 나무들이 슬며시 시야에 들어온다. 유라시아체스트넛Eurasian Chestnut 프랑스에서는 마로니에로 불리는 나무다. 몇몇 학자들은 로마인들이 갈리아Gaul족에게 전해준 것이 그 마로니에의 시조라고 말한다. 하지만 1615년에 바슐리에Bachelier라는 한 식물학자 양반이 콘스탄티노플에서 실어온 묘목이 그 시조일 가능성이 크다. 유라시아체스트넛 열매는 유럽체스트넛European Sweet Chestnut의 먹을 수 있는 열매(밤)와 거의 똑같이 생겼다. 하지만 그 둘은 전혀 관계가 없다. 전자는 무환자나무과에 속하고, 후자는 참나무의 친척이다.

19세기 파리의 위대한 도시 행정가 조르주외젠 오스만Georges-Eugene Haussmann은 그 에스쿨루스 히포카스타눔Aesculus hippocastanum, 마로니에의 학명을 유난히 좋아했다. 강력한 권력을 바탕으로 센현(縣)을 다스린 17년 동안 오스만은 도시의 공원과 그랑불바르Grands Boulevards에 10만 그루가 넘는 마로니에를 심었다.

1780년, 프티니M. Petigny라는 정원사가 40크라운(800달

러)이라는 터무니없이 비싼 값을 치르고 당시에는 엄청 희귀한 은행나무를 한 그루 사들였다. 그의 바보짓을 기념하여 프랑스에서는 그 은행나무를 지금도 40크라운 나무로 부른다. 요즘에는 이 나무를 한 그루에 49.95달러면 살 수 있다.

18세기 프랑스의 계몽사상가이자 작가인 볼테르Voltaire는 그가 살던 시절의 파리를 혐오했다. 저급하고 천박하고 무질서한 파리의 거리는 지저분했고, 집들은 볼썽사납고 우중충했으며, 공기는 악취가 가득했고, 가난과 거지가 넘쳐났다. 센 강변은 오물로 덮인 습지였다. 그러다가 위대한 오스만 남작이 더럽기 짝이 없는 이 파리 중앙부를 깨끗이 정리하고 파리를 빛의 도시로 변모시켰다. 지금 이 강변은 누구나 탐내는 주거지다.

이곳 콩티 부두Quai de Conti에 정박을 허가받은 하우스보트는 14척이다. 그중 한 척은 파리 센 강 소방대의 본부로 사용된다. 근무 중인 소방대원들은 매일 아침 9시면 강에 뛰어들어 시테 섬을 빙 둘러 헤엄을 친다.

나는 이 배들 중 한 척에 저명한 철학자이자 소설가가 살고 있다는 말도 들었다. 그는 페르시아 고양이 네 마리와 와인 저장고와 파찌올리Fazioli 그랜드 피아노를 챙겨서 그 작은 배로 이사했다고 한다.

어떻게 살아야 하는지를 잘 아는 사람들이 있다.

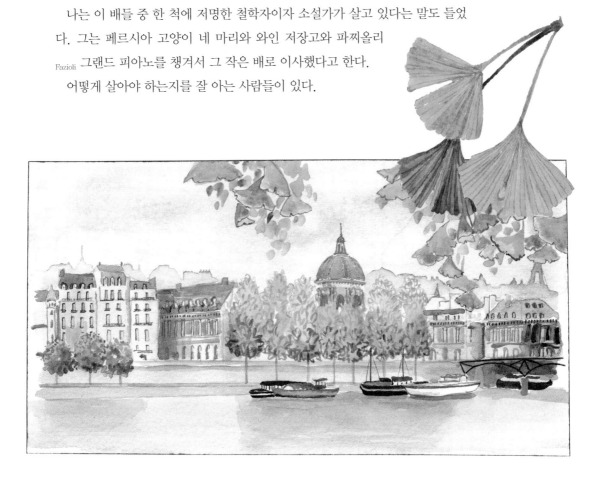

다른 이들의 눈에는 그저 예쁜 부스겠지만 나에게 그것은 아기자기한 대저택이다

잘 보존된 이 별채는 베르갈랑 정원의 유일한 건축물이다. 보자마자 파리에 머무르면서 임시 숙소로 삼는 것이 내 꿈이 되었다.

별채는 오스만 남작 밑에서 공원과 정원을 설계했던 유명 건축가 가브리엘 다비우Gabriel Davioud의 작품이다. 그는 가로등과 벤치, 난간, 분수, 그 밖의 도로 시설물을 디자인했다. 그것들은 인간의 체격을 기준으로 설계되었고 제2제정시대 도시 계획의 일부였다.

파리 중앙부 최고의 위치, 보물 같은 조형예술품, 한 사람만을 위한 사랑스런 파리 궁전

2.3제곱미터의 아늑한 팔각형 공간으로 햇볕이 한없이 흘러든다. 외부는 처음 지어졌을 때인 1857년경의 모습을 그대로 간직하고 있다. 내부는 많이는 아니더라도 다소 손볼 필요가 있겠다.

커튼을 할 요량으로 창문 크기를 재보려고 잠깐 들렀을 때, 나의 미래의 파리 저택은 굳게 잠겨 있었다. 현관 유리창으로 살짝 들여다보니 실용성만 고려한 따분하고 황량한 공간이 드러났다. 낡고 낡은 교실 의자와 실내 난방기와 1970년대의 라디오, 그게 전부다. 현재, 이 건물에는 베르갈랑 공원 관리인들이 지낸다. 여기는 프랑스에서 가장 매력적인 사무 공간인 것이다. 하지만 이곳은 공무원의 사무실로는 적절하지 않다. 이 아름다운 건축물은 숙녀에게나 어울린다.

바로 나.

베르갈랑 공원은 초미니 국가로 성립할 자격을 모두 갖추고 있다. 독립적인 신분을 얻었으며 완벽한 위치를 점유했다. 이 작은 공원은 자결권을 보장받고 나를 결정권자로 임명하여 나로 하여금 이곳에 거주하게 해야 마땅하다. 무엇보다 나는 으리으리한 숙소가 필요하다.

이 그림은 이전 모습이다. 내가 꾸민 후의 모습은 다음 장에 있다.

초미니 국가, 베르갈랑 공원을 다스리면 한 가지 혜택을 추가로 누릴 수 있다. 새벽부터 정원이 문을 여는 시간까지 오롯이 혼자서만 이곳을 소유할 수 있다는 것이다. 오전 8시에는 사람들을 들여놓아야 한다. 하지만 당신은 눈앞에 펼쳐진 파리를 보면서 충분한 시간을 들여 기운을 끌어 모았기에 그날 겪게 될 이런저런 일들을 해결해 나갈 준비를 마치게 될 것이다.

크게 생각하라.

16편의 소네트_{소곡(小曲) 또는 14행시(行詩), 대표적인 정형시의 형식}를 지어라.

꿈 지도를 그려라.

북극곰을 구하라.

푸른 사나이에 대하여

어느 나라 사람들에게나 '그린'은 마음을 달래주는 배경색이자 평온과 정서적 안정을 가져다주는 색이다. 하지만 프랑스에서 그린은 훨씬 더 많은 남성적 힘을 담고 있다. 프랑스인들은 특히 그린을 원기왕성하고 생생하고 활기찬 색깔로 여긴다. 그린은 팔팔하고 정력적이다. 로맨스와 아무르_{amour}의 색이다. 그렇기 때문에 앙리 4세가 베르갈랑, 즉 푸른 사나이라는 별명을 얻은 것이다.

베르갈랑, 이 단어는 종종 난봉꾼, 바람둥이, 호색한, 말이 번드르르한 한량, 늙은 오입쟁이 등으로 번역된다.

전부 틀렸다.

베르갈랑은 그 뜻 그대로 푸른 사나이를 의미한다. 물론, 살짝 성적 뉘앙스가 풍기는 단어이기는 하다. 하지만 어린아이들도 얼마든지 써도 괜찮은 단어다. 오입쟁이 같은 말 정도만 제외하고.

프랑스를 통치하는 동안(1589~1610) 우리의 이 선량한 왕, 앙리 4세는 연애 기록을 갱신했다. 수많은 애인 숫자가 그의 영웅적인 상냥함을 입증한다. 프랑스인들은 여인을 향한 그런 상냥하고 다감한 태도를 '엄청나게 푸르다'고 표현한다.

앙리 4세는 40대 중반에 왕이 되었다. 이를 고려하면 중년의 그가 숙녀의 마음을 사로잡는 솜씨는 훨씬 더 파릇파릇했을 것이다. 그의 기량은 늘 푸르렀다. 그리하여 파리 한복판의 이 사랑스런 푸른 정원이 그의 별명을 하사받고 단연코 가장 푸르른 것들 속에서 푸른 사나이와 그의 영원히 변치 않는 상냥한 성품을 기리고 있는 것이다. 베르갈랑 공원은 파리에서 청혼하는 장소로 가장 인기가 높다.

Gardens
lend themselves to romance ...

정원은 로맨스에
가장 알맞은 곳이에요.

I'm even convinced that a garden's capacity
for inspiring romance should be a criterion
for evaluation in terms of horticultural excellence.

Alain Baraton, Gardener-in-Chief at the Palace of Versailles

저는 정원의 우수성을 평가할 때 로맨스를 부추기는 능력이
한 가지 기준이 되어야 한다고까지 생각해요.

−알랭 바라통Alain Baraton, 베르사유 궁전 수석정원사−

아, 정말 그렇다. 베르갈랑은 대단히 로맨틱한 정원이다. 그리고 상상력이 조금이라도 있는
사람이라면 수양버들Weeping Willow이 이곳에서 가장 로맨틱한 나무라는 것을 알아차릴 수 있다.

부디 원하건대,
그 모든 숲 중에서 제가 버드나무가
울창한 숲 속에 머물 수 있기를
내가 금방 지어낸 고대 켈트족의 기도

Of all the forests I have known
I wish to belong
where the willows are.

Ancient Celtic prayer
that I just made up.

고대 켈트족은 버들가지로 마법이 깃든 신성한 물건들을 묶었다는 이야기가 있다. 고대 시인들은 꿈을 불러오기 위해 버드나무 지팡이를 흔들었다고 하며, 선사시대의 예언자들은 예지력을 높이려고 버들가지로 짠 관(冠)을 썼다고 한다. 그런데 나는 이 이야기들 중 어느 것도 사실이라고는 생각하지 않는다.

전설로 전해지는 수양버들의 쓰임새는 전부 터무니없는 헛소리라고 나는 믿는다. 후세의 이교도들이 그런 마법을 갈망하여 고대의 전설을 낱낱이 파헤치는 와중에 생겨난 이야기일 것이다.

하지만 수양버들 신화를 만들어내려는 충동은 충분히 이해한다. 이 나무에는 우리 인간의 감상적인 면을 자극하는 뭔가가 있다. 수양버들 가지가 살랑살랑 흔들리는 것을 보고 있으면 무슨 의도를 가지고 유혹하고 있는 것 같은 느낌을 떨치기 어렵다.

수양버들은 참으로 아름다운 나무다. 길게 늘어진 푸른 가지들은 우아하기 그지없고, 그 살랑거림은 나비의 사뿐사뿐한 몸짓만큼이나 섬세하다. 빛깔도 다채롭게 변한다. 날씬하게 뻗은 잎새들이 무게가 없는 듯 가볍게 햇빛 속을 들고 날 때마다 푸르스름한 침울한 빛이 감돌다가 한순간에 생기발랄한 연초록으로 반짝거린다.

한마디로, 감탄이 절로 난다.

수양버들은 또한 명랑한 듯 멜랑콜리한 나무다. 산들바람이 창날 같은 수양버들잎들을 흔들어놓을 때 나는 소리를 들어보았는가? 그 가락은 모차르트의 〈레퀴엠〉 D단조의 구슬픈 라크리모사Lacrimosa, 눈물의 날란다. 믿을만한 이에게서 들은 말이다.

버드나무에게 작별을 고할 때

가장 화려한 전성기를 누리고 있는 듯 울창한 수양버들은 사실 죽음을 맞이하는 중이다. 수양버들의 수명은 겨우 50~70년으로 짧다. 절정에 이르자마자 떠나야 할 순간이 온다.

21세기가 시작될 때, 베르갈랑 정원 뱃머리 끝에 있는 웅장한 버드나무에게 그 순간이 찾아왔다. 그 무렵에 파리에 방문하거나 머물렀다면 당신은 말도 안 되게 작은 수양버들로 대체되는 것을 당연히 보았을 것이다. 당신은 아주 운이 좋았다. 정말 볼만 했다!

거기에는 보잘 것 없이 왜소한 나무가, 뒤에 버티고 선 장대한 나무들의 위세에 짓눌린 채 안쓰럽게 서 있었다. 한때 그 자리를 지켰던 거목의 부재를 두드러지게 할 뿐인 어린 나무였다. 하지만 파리를 경험하며 한껏 확장된 자아감을 어린 수양버들에게 투영하는 법을 알고 있는 우리들이 보기에 그 어린 나무는 이미 웅장했다. 희망찬 미래가 후광처럼 둘려져 있었고 일생의 사명으로 눈부시게 빛났으며 역사적 장소를 지켜야 하는 운명에 결연했다.

파리 정원이 알려주는 팁, 초미니 국가라고 생각하세요

모든 정원은 이야기를 들려준다.

이것은 베르갈랑 정원이 들려준 이야기다.

베르갈랑은 시테섬의 맨 끝에 있다. 강 한복판에 떠 있는 이 작은 섬에 15,000명이 복작거리던 시절에는 여기에 정원을 만든다는 건 상상할 수도 없는 일이었다. 그런데 조르주외젠 오스만 남작이 나타났다. 그는 불결한 중세의 파리를 우아한 근대 도시로 변화시키려는, 말도 안 되지만 크나큰 생각을 갖고 있었다. 그의 도시 정비 사업은 1853년에 시작되었다.

임기가 끝나가던 1870년에 오스만은 마지막 남은 빈민가를 모조리 허물었다. 540킬로미터에 이르는 악취 나는 골목을 없앴고, 250킬로미터에 달하는 하수도를(이것을 따라 지하에 전화선이 깔려있음) 건설했다. 총 640킬로미터 길이의 포장도로를 깔았고(보도 밑 지하에 전선이 묻혀 있음), 도시 곳곳에 약 16제곱킬로미터에 이르는 크고 작은 공원을 만들었다. 오스만은 시테섬의 인구를 90퍼센트까지 줄였다. 지금 이 섬에는 세상에서 제일 운이 좋은 사람들 1,670명이 살고 있다. 변화는 항상 옳다!

오늘날 가장 아름다운 문명 도시로 엄청난 사랑을 받고 있는 파리는 사실 오스만의 파리다. 베르갈랑 공원의 나무 한 그루, 풀 한 포기에도 파리를 바꾸겠다는 오스만의 원대한 생각이 스며있다. 공간에 대한 애정은 위대한 변화를 가능케 한다. 이런 생각은 내가 꿈꾸는 타당한 결론으로 이어진다. 즉, 초미니 국가에서 위대한 여인으로 살아가기.

작은 공간에 펼쳐진 크나큰 생각을 완벽하게 보여주는 곳이 바로 베르갈랑 정원이다.

나는 이렇게 말하고 싶다.

당신의 공간이 너무 작고 당신의 인생이 너무 초라하게 느껴진다면 베르갈랑 정원을 기억하시기를. 그러면 당신과 당신의 생각과 당신의 정원의 그 어느 것도 다시는 그렇게 초라하게 느껴지지 않을 것이다.

Key West
Last Refuge of a Plant Kingdom Outlaw

키웨스트, 추방된 식물들의 마지막 안식처

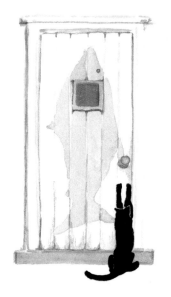

내가 좋아하는 곳

다정다감한 열대 기후, 미국 본토와의 완벽한 격리, 남의 잘못을 못 본 척해주는 오래된 관용.

딱 내 취향이다. 숨고 싶거나 새로 시작하고 싶은 사람이 가야할 곳은 생각할 것도 없이 키웨스트다. 약간 그늘진 생의 환희가 너무 익어, 물러진 사포딜라_{sapodilla, 열대과일} 냄새(태운 설탕과 오래된 브랜디와인 향) 같은 공기 속에 떠돈다.

미국 최남단, 만사를 잊고 푹 쉬기에 꼭 알맞은 이 아랫녘의 사람들은 무엇이든 있는 그대로 너그럽게 받아준다. 키웨스트에서는 뭘 해도 괜찮다. 자꾸 칭얼대는 것만 빼고.

키웨스트에 살고 있을 때 어니스트 헤밍웨이Earnest Hemingway는 세 가지로 유명했다. 설탕을 넣지 않는 다이키리daiquiri 칵테일을 만든 것, 고양이를 무척이나 좋아한 것, 월리스 스티븐스Wallace Stevens의 얼굴에 주먹을 날린 것. 헤밍웨이의 영향력이 여전한 덕분에 키웨스트에서는 거의 모든 일—빨래 개기, 개와 산책하기, 소설 쓰기, 투표하기—에 얼음을 넣은 럼 칵테일을 곁들이는 것이 일종의 관습이다. 그리고 이곳 고양이들에게 어디든지 돌아다닐 수 있는 절대적 권리를 부여해야 한다는 불문율이 있다. 공유지든 사유지든 예외는 없다.

그리고 예술가 티를 너무 내는 모더니즘 시인이자 술고래였던 월리스 스티븐스에 대해 말하자면, 그가 맞을 짓을 했다고 모든 사람이 말했다.

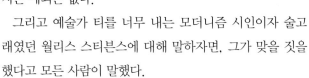

공개 초대장

해 질 녘이다. 장소는 구시가지. 초대 이유라면 세상이 밤으로 바뀔 때 멈춰 있기 위해서다.

키웨스트는 날마다 해가 질 무렵이면 맬러리광장Mallory Square에서 노을 구경 파티를 연다. 모든 사람―관광객, 마을 사람, 불 먹는 곡예사, 저글링하는 사람, 초능력자, 앞날을 내다보는 사람, 외로운 사람, 조금 희한한 사람, 다시 태어난 사람, 혼자 연주하는 사람, 거나하게 취한 사람―정말 모든 사람을 반갑게 맞는다.

저녁마다 펼쳐지는 경이로운 풍경 속에서 그들은 있는 그대로 서로의 모습을 축하한다.

초록 앵무새가 알려주는 지혜, 칭얼대지 말 것

그린패럿Green Parrot Bar은 모든 손님을 똑같이 따뜻하게 환영한다. 그 지역 단골손님—교수, 방랑자, 소설가, 백만장자, 오토바이 모는 사람, 예술가, 밤새 흥청거리는 처녀 총각들—이라고 특별히 환대하지 않는다.

나는 그냥 플라스틱 컵에 내주는 쿠바리브레Cuba Libre를 주문하고 찰리(암살자라고 알려진 자)와 사는 이야기를 나누는 중이다. 찰리가 그린패럿 에일 맥주를 옆으로 치우더니 컵받침을 뒤집어 알쏭달쏭한 지도를 그려준다. 그가 설명한다. 포트 재크 파크. 선셋. 고.(Fort Zach Park. Sunset. Go.)

이 정보는 틀림없다고 나는 생각한다. 키웨스트에서는 저녁노을이 제일 중요하다.

포트 재커리 테일러 주립공원은 약 0.35제곱킬로미터 크기의 국가 유적이다. 해자를 두른 요새로 유명하며 미국 남동부 해안선을 반드시 지키겠다는 확고한 방어 전략의 일부로 1845년에 축조되었다. 이곳은 재커리 테일러 소장의 이름을 딴 유일한 유적지다. '사납지만 유능한 노장'이라는 애칭으로 불린 재커리 테일러는 멕시코전쟁의 영웅이며 미국의 12대 대통령이다. 그는 491일 동안 대통령직을 수행하다가 1850년 7월 9일에 세상을 떠났다. 재임 중에 사망한 두 번째 대통령으로 재임기간은 미국 대통령 중에서 세 번째로 짧다.

포트 재커리 테일러 주립공원

지극히 우호적인 풍경은 정원의 한 가지 정의다.
마이클 폴란

A landscape hospitable in the extreme is one definition of a garden.
Michael Pollan

이 공원의 입구는 빛과 그림자로 이루어졌다. 플로리다 남쪽 해변에서 만나리라 예상했던 풍경이 결코 아니다. 우선, 공기가 믿을 수 없을 만큼 서늘하다.

햇살이 당신에게 맹렬하게 내리 꽂히지 않는다. 일명 선샤인스테이트 Sunshine State 에서 으레 경험했던 햇빛과는 딴판이다. 이곳 햇살은 공중에서 주춤주춤 망설이며 그 빛의 생소한 면들을 다양하게 해석해 볼 시간을 준다.

그리고 머리 위, 짙푸른 나뭇잎들 속에서 들려오는 바스락바스락.

저게 무슨 소리지?

아, 그렇다.

당신은 우주의 속삭임을 엿듣고 있다. 진실을 말하자면, '속삭이는소나무'는 진짜 소나무가 아니다. 낙엽수지만 침엽수의 특징을 갖고 있어서 겉모습만 보면 영락없는 소나무다. 잎이 바늘처럼 생겼고 솔향기가 나고 솔방울이 달린다.

　진실을 말하자면, 고요하고 잘 보존된 이 소나무 숲은 바로크 정원만큼이나 억지로 꾸민 듯 부자연스럽다.

　진실을 말하자면, 속삭이는소나무의 정확한 이름은 호주소나무_{Australian Pine}다. 순전히 이 이름 탓에 이 소나무를 절대 봐줄 수 없다면서 플로리다주에서 아예 씨를 말려버리겠다고 작정한 토착식물 애호가들이 엄청 많다.

　속삭이는소나무_{Whispering Pine} 정원에 잘 오셨어요.

호주소나무 Casuarina equisetifolia 를 소개합니다

호주소나무의 가늘고 성긴 바늘다발은 실제로는 가지의 곁가지들이다. 바늘의 길이는 20센티미터 정도이고, 각각 극도로 작은 잎들을 매달고 있다. 호주소나무 열매는 솔방울과 겉모양이 똑같다. 한 가지 다른 점은 길이가 2.4센티미터 정도로 아주 작다는 것이다.

원생지인 호주에서는 태즈메이니아 해안과 노던 준주 해안을 따라 자란다.

목마황과 casuarina 나무는 목질이 유난히 단단해서 오래 전부터 호주 원주민들의 사랑을 받았다. 그들은 땅을 파헤치는 뒤지개와 창과 부메랑 재료로 호주소나무 목재를 선호한다.

호주소나무가 플로리다에 처음 들어왔을 때 이곳은 테마파크와 쇼핑센터를 절실히 필요로 하던 습지대였다. 그 나무가 플로리다의 염도 높은 물에서도 잘 자란다는 것을 알게 되자 개발업자와 정부 관료들이 협력해서 수백만 그루를 수입했다. 그리고 그것들을 특별히 조성된 숲에 심어서 안정화하고, 수백만 평의 지저분한 땅을 아름다운 숲으로 바꾸었다. 그 결과, 1920년대와 1950년대에 플로리다주에 토지개발 붐이 일었고, 부동산 업자들은 큰돈을 벌었다.

그렇게 플로리다의 관료와 투기꾼들에게 수십 년간 봉사했는데 이제 와서 느닷없이 플로리다의 적으로 몰려 추방 위기에 처한 것이다. 1997년, 의젓한 호주소나무는 외래 침입종으로 지정되었다.

플로리다 주법 제369.252항은 호주소나무를 1종(제일 나쁜 것) 침입종으로 분류하여 그것의 소유 및 수집, 이동, 재배, 수입을 금한다.

이 호주소나무를 졸지에 추방자 신세로 만든 것은 지방 정부 식물학자들과 망상에 빠진 토착식물협회들의 업적이었다. 그들은 에버글레이즈Everglades 습지에서부터 조지아Georgia주 경계선에 이르기까지 호주소나무를 한 그루도 남김없이 싹 다 베어내겠다고 맹세했다.

그게 물정 모르는 착각이었음은 그들이 포트 재크 해변의 숲을 목표로 삼았을 때 드러났다. 키웨스트에서 속삭이는소나무Whispering Pine를 침입종으로 불렀다가는 어느 누구도 무사하지 못한다.

대중의 압도적인 지지로 무장한 지역 예술가와 정치가들이 포트 재크 해변 소나무 숲을 구하기 위해 힘을 합쳤다. 키웨스트 천지사방에 "우리 소나무를 구하자"는 슬로건이 내걸렸다. 수많은 시위에서, 수많은 민사소송에서, 셀 수 없이 많고 많은 칵테일 모임에서 그들은 목소리를 높였다.

그리하여 키웨스트 호주소나무 숲의 생사를 놓고 싸움이 시작되었다. 이 싸움은 트리허거의 전투The Battle of the Tree Huggers라고 알려졌다.

우리 소나무를 구하자

내가 봤을 때, 왜 그래야 하는지 여섯 가지의 이유가 있다.

첫째, 뜨겁고 건조하고 그늘이 없는 이 휴양지에서 포트 재크 해변 호주소나무 숲은 뉴잉글랜드 지역의 서늘한 숲속에 있는 것 같은 행복한 착각을 불러일으키기 때문이다.

두 번째, 호주소나무 숲은 주변의 식물들보다 훨씬 높이 솟아 있다. 때문에 키웨스트의 풍경 속에서 그 숲은 집Home을 상징하는 특별한 랜드마크다.

세 번째, 포트 재크 해변은 철저히 쓰레기로만 이루어진 곳이다. 핵잠수함이 정박할 수 있도록 근처 항만을 깊이 파기 위해 1967년에 행해진 준설 프로젝트로 생겨난 쓰레기장이다. 바다 밑바닥에서 퍼낸 것들로 만들어진 해변이기 때문에 거기서 자라는 토착식물은 처음부터 단 한 종류도 없었다. 따라서 호주소나무가 남의 자리를 빼앗아 차지한 게 아니다.

네 번째, 포트 재크 해변의 숲은 키웨스트에서 가장 규모가 큰 녹지 공간이다.

다섯 번째, 플로리다 주정부 관료들이 호주 출신 소나무를 전부 싫어하는 건 아니다. 이 호주소나무만 질색한다. 그들은 호주산 울레미소나무Wollemi Pine를 애지중지한다. 그 나무는 1994년에 한 도보 여행자가 호주 야생지역에서 작은 울레미소나무 숲을 우연히 발견하면서 세계적으로 유명해졌다. 그 전까지는 멸종된 소나무로 분류되었기 때문에 이 발견은 2억 년 된 살

아있는 화석을 찾아낸 사건으로 식물학계를 흥분시켰다.

　과학자들이 야생에 존재하는 100그루도 채 안 되는 울레미소나무를 분류해놓자 이제 번식이 가장 시급한 과제가 되었다. 이 희귀한 소나무의 묘목들이 호주에서 세계 곳곳의 식물원으로 보내졌다.

　자, 이제 알아 맞혀 보시라.

　현재 가장 많은 수의 울레미소나무가 자라고 있는 곳이 어디일까?

　그렇다, 플로리다주다. 2만 그루가 넘는 호주 울레미소나무가 플로리다주 곳곳의 재배장에서 무럭무럭 자라고 있다. 가정집 정원을 꾸미는 특이한 수집품으로 약 100달러에 팔려나간다. 그리고 왜 그런지 모르겠지만, 이 호주 울레미소나무 수입과 관련된 모든 것에 대해 토착식물협회들과 플로리다 농무부는 대단히 관대하다.

　마지막으로 소라고둥공화국_{The Conch Republic, 키웨스트의 별칭}의 은혜를 아는 시민들에게 수십 년 간 헌신적으로 봉사한 끝에 이 호주소나무 숲은 마침내 자생식물의 지위를 얻었다.

이런 걸 가리켜 나무만 보고 숲은 못 본다고 하는 것이다

호주소나무는 겉씨식물의 일종으로 그 조상은 수억 년 전, 남반구에 존재했다는 곤드와나 Gondwana 초대륙으로까지 거슬러 올라간다. 곤드와나는 식물이 우거진 땅이었고 공룡과 쥐처럼 생긴 작은 생물로 바글바글했다. 꼬리에 털이 달린 이 설치류는 호모 사피엔스라고 불리는 종의 발달에 꽤 중요했다고 한다. 약 2억 년 전에 거대한 곤드와나가 조각조각 갈라졌고, 그것들이 지금의 남아메리카와 아프리카, 인도, 호주, 남극이라고 우리는 알고 있다.

큰 조각 하나가 남극점을 향해 느릿느릿 이동하는 도중에 그 조각의 동쪽 지역이 다시 떨어져 나갔다. 곤드와나 초대륙의 열대 생물군계를 고스란히 간직한 이 작은 조각은 북쪽으로 천천히 흘러갔고, 현재는 남회귀선에 걸쳐져 있다. 이 조각이 바로 호주 대륙이다. 남극점으로 가려다가 떨어진 조각에 곁다리로 묻어 북쪽으로 가게 된 울창한 숲이 지금 포트 재크 해변에서 자라는 호주소나무의 직계 조상이다.

애초에 자리를 잡은 호주에 그대로 머물 수 있었더라면 그 '속삭이는소나무'들은 더없이 행복했을 것이다. 하지만 플로리다주의 부동산 개발업자들에게는 다른 계획이 있었다. 그리고 이제 우리의 사랑스런 '속삭이는소나무숲'은 단지 북아메리카 혈통이 아니라는 이유만으로 집단 학살을 당할 예정이다.

바라건대, 잠깐 시간을 내서 이곳 포트 재크 해변의 소나무 숲 그늘에 앉아 보라. 바람이 춤출 때마다 나뭇잎들이 사각거리는 소리가 잔물결처럼 퍼진다. 찰나찰나 빛과 그림자가 교차한다. 싱그러운 솔향기가 훅훅 끼친다. 이 모든 소리와 모든 빛깔과 모든 향기와 한 몸이 되어보라. 현재는 잊어버리고 과거로, 먼 과거로, 곤드와나의 우거진 숲으로, 그 태곳적으로 거슬러 올라가라.

숨을 깊이 들이쉬어라. 당신은 모래밭을 종종걸음 치는 설치류처럼 생긴 작은 생물이다. 당신은 앞으로 번성하게 될 그 온혈 포유동물이다. 멸종할 날이 머지않은, 걸을 때마다 천둥소리가 나는 크리올로포사우르스 Cryolophosaurus 보다 더 나중까지 살아남을 것이다.

숨을 내쉬어라. 당신은 원시생물이고 생존자이고 조상이다. 우리의 최초의 조상이다. 이제 알겠지만, 이 싸움은 단순히 섬 가장자리 작은 해변의 그늘 좋은 작은 숲을 놓고 벌이는 유치한 자리다툼이 아니다. 이것은 그 까마득한 시절 곤드와나에 울창했던 숲의 경치와 소리와 냄새를 보존하고 우리가 지구상에서 우리 존재의 기원을 지금도 경험할 수 있는 공간을 보존하기 위한 싸움이다. 그렇기 때문에 속삭이는 호주소나무 숲은 싸워서라도 지켜내야한다.

CANARY ISLAND DATE PALM
카나리야자

native of the
Canary Islands
원산지, 카나리아제도

고양이야자
CAT PALM

native of
Southeast Mexico
원산지, 멕시코 동남부

SATAKI PALM 사타케야자

native of
Ryukyu Island, Japan
원산지, 일본 류큐 제도

BAMBOO 대나무
native of Indochina
원산지, 인도네시아

Let's see how many of Florida's favorite trees
DO NOT COME FROM FLORIDA
플로리다가 제일 좋아하는, 플로리다 출신이 아닌 나무들

PUERTO RICAN HAT PALM

native of
P.R. & Hispaniola

푸에르토리코 모자야자
원산지, 푸에르토리코&
히스파니올라섬

PEREGRINA
from Cuba

붉은 산호꽃
원산지, 쿠바

CHRISTMAS PALM

native of the
Philippines & Malaysia

크리스마스야자
원산지, 필리핀 & 말레이시아

프랜지패니 FRANGIPANI
native to Central America & the Amazon
원산지, 중앙아메리카&아마존

PINK POWDERPUFF 분홍자귀나무
from Suriname 원산지, 수리남

BETEL PALM
native of
Southeast Asia
빈랑나무
원산지, 동남아시아

OIL PALM
native of West & Central Africa

GEBANG PALM
native from NE India to York Peninsula, Australia

기름야자
원산지, 서아프리가 & 중앙아프리카

공작야자
원산지, 인도 동북부 지방부터
호주 케이프요크 반도까지

49

CARPENTARIA
PALM

native of
Australia

카펜타리아야자
원산지, 호주

BISMARK PALM
native of West & North Madagascar
원산지, 마다가스카르 서부와 북부
비스마르크야자

DESERT FAN PALM
native of
California 사막부채야자
원산지, 캘리포니아

토착식물협회는 왜 엉뚱한 일을 벌이고 있을까

마이클 폴란은 토착식물협회의 이념에 대해 '토착주의에 반대하며'란 제목으로 1994년 5월 15일자 뉴욕타임스에 이렇게 썼다.

"나치즘의 기치 아래 토착식물과 토착식물 재배에 대한 광적인 집착이 정부 정책이 되었다. 하인리히 힘러_{Heinrich Himmler, 게슈타포 대장} 수하의 한 부서는 풍경 설계 원칙을 발표했는데, 그것은 본래 모습에 가까운 스타일과 토착식물의 독점적 사용을 규정했다. 특정 외래종들은 제거 대상으로 정해졌다. 1942년, 식물 생태지도 작성 부서에서 일하는 작센의 식물학자들은 임파티엔스 파비플로라(Impatience parviflora)라는 봉숭아과의 작은 꽃을 외래종으로 간주하여 말살 전쟁을 선포했다."

제임스 바릴라의 기후 변화에 맞춘 정원 가꾸기란 제목의 글은 이렇다. (2014년 5월 3일자 뉴욕타임스)

"토종이냐 아니냐를 따지는 것은 말도 안 되는 짓이다. 캘리포니아주, 데이비스에서 수행된 한 연구에 따르면, 그 도시의 토종 나비 32종 가운데 29종이 비토종식물을 숙주로 삼아 산란을 했다. 그 나비들 중 13종의 숙주식물은 그 지역 토종이 아니었다. 나비들은 계속 그 비토종식물에 알을 낳는다. 그 식물이 자기 애벌레를 먹여 살리기 때문이다. 정원을 가꾼다는 말을 어느 종이 원래 거기 출신이냐 아니냐에 대해 꼬치꼬치 따지지 않고 안뜰을 최대한 많은 종이 편히 머물 수 있는 다정한 공간으로 만든다는 뜻이다."

엠마 마리스는 『떠들썩한 정원』The Rambunctious Garden에서 이렇게 썼다.

"침입종이라는 이름표는 최근에, 길게 잡아야 20여 년 전에 생긴 것이다. 하지만 인간은 선사시대에 유입되었다. 인간은 감성이 풍부한 동물이다. 세계의 이곳에서 저곳으로 이동할 때 우리는 키우던 식물과 애완동물, 즐겨 사냥한 새와 물고기, 심지어 귀를 즐겁게 해주는 노래하는 새까지 이고지고 다닌 전력이 있다. 이국의 종들이 여기에 있으면 안 될 것 같다는 이유만으로 그 종들과 싸우느라 시간과 돈을 쓰는 것은 보다 선설적인 일에 쓰일 시간과 돈을 고갈시키는 것이다."

J. L. 허드슨은 『민족식물 종자 편람』The Ethnobotanical catalog of Seeds에서 이렇게 썼다.

"일부 집단에 널리 퍼져있는 한 가지 주장이 있다. 토종이 아닌 종은 다소 해롭고 공격적인 외래종이 토종 생태계에 침입해서 토착종을 파괴한다는 주장이다.

내가 지적하고 싶은 것은 토착종과 외래종이라는 개념에는 생물학적 타당성이 전혀 없으며 인간이 특정 종을 새로운 서식지에 도입하는 행위가 지구의 생물다양성에 부정적 영향을 끼친다는 증거가 전무하다는 것이다. 오히려 그 반대다. 인간이 전 세계를 돌아다니며 여러 종을 퍼뜨린 것은 세계적, 지역적 생물다양성의 증가에 일조해왔다. 그것은 자연의 창조물에 도움이 되는 인간의 드문 행위 중 하나다. 그 행위는 바람이나 해류에 의한 종의 이동, 또는 철새가 씨앗을 퍼뜨리는 것과 같이 다른 종이 동료에게 베푸는 도움과 다르지 않다."

BANYAN
from India

반얀나무
원산지, 인도

비파나무
원산지, 중국

LOQUAT
native of
China

　2008년 3월 19일, 플로리다주 환경보호국이 제시한 양해각서에 사인하는 것으로 전투는 끝이 났고, 트리허거들은 승리를 거두었다. 이로써 포트 재크 해변 호주소나무 숲을 없애려는 계획은 즉시, 그리고 영원히 중단되었다.

　키웨스트의 상태를 조사한 플로리다주 특별대책위원회는 이렇게 결론을 내렸다.

　"외래식물이 정확한 유입 역사를 보유하고 특색 있는 문화적 경관에 기여하는 바가 있을 경우에는 그 종의 보존을 허락한다."

　이 각서는 포트 재크 해변의 소나무 900그루에게만 적용되었다. 따라서 플로리다주 나머지 지역 약 120만 제곱킬로미터에 존재하는 소나무 숲은 여전히 언제 베어질지 모르는 신세다. 하지만 〈우리 소나무를 구하자〉 운동의 성공에 크게 고무된 다른 지역의 호주소나무보존협회들이 진영을 갖추고 전투태세에 돌입했다. 그들은 한 번에 소나무 한 그루씩 구해서 결국에는 플로리다주 전역의 '속삭이는소나무'를 구해낼 결심이다.

2015년에 키웨스트 시장, 크레이그 캐츠는 매년 3월 셋째 주 일요일을 '우리 소나무를 구한 날'SAVE OUR PINES DAY로 정하고 그 승리를 축하하자고 선언했다.

키웨스트 정원이 알려주는 팁, 칭얼대지 말아요

월리스 스티븐스에게 키웨스트에 관한 가장 유명한 시의 착상이 퍼뜩 떠오른 것은 1934년 겨울이었다. 그 해에도 어김없이 키웨스트에서 밤낮 술에 취해 살던 그는 숙취를 풀려고 이른 아침에 카사마리나Casa Marina 해변을 걷고 있었다. 그때 바다에게 노래를 불러주고 있는 한 여성을 보았다. 그 순간, 인생과 예술의 의미에 대해 뭔가 불현듯 깨달은 스티븐스는 '키웨스트에서 질서의 관념'The Idea of Order at Key West이라는 시에서 그것을 설명하려고 노력했다. 그런데 사실 그 시는 키웨스트와 별 상관이 없다.

그녀는 바다의 비범한 지성 그 너머를 향해 노래를 불렀다. 그 시의 이 첫 구절만 그나마 키웨스트와 조금 상관이 있다. 바다의 비범한 지성이라는 표현은 멕시코만에 있는 이 추방자들의 섬이 사람들을 끌어들이는 이유에 관한 여러 가지 설명들만큼이나 훌륭하다.

물론, 다이키리와 키라임파이만 먹으면서 얼마나 오래 살 수 있는지를 알아보려고 키웨스트에 오는 사람도 있을 것이다. 하지만 뭔가에 이끌리듯 이곳에 온 많은 사람들이 해변에서 낮을 보내고 저녁노을을 보고 끝없이 밀려오는 파도를 넋 놓고 바라본다. 그렇게 쉬는 내내 가슴은 쉬지 않고 두근거린다. 이렇게 가슴을 뛰게 하는 그게 뭘까? 이것이 미스터리다.

그런 한 사람으로서 나는 여기 포트 재크 해변에 앉아 생의 커다란 수수께끼들을 깊이 파고들 수 있어 행복하다. 내 집처럼 편안한 호주소나무 숲의 솔향기, 서쪽으로 저물어가는 태양의 빛, 그림자를 따뜻하게 데워주는 부드러운 바람, 태곳적 드넓은 대륙의 열대 숲을 떠올려주는 그 모든 것들. 이 경험은 몹시 낯설고도 친숙하다.

나는 키웨스트에서의 사물의 질서, 그리고 지구의 위대하고 영속적인 생명력에 대한 행복한 상념에 빠져든다. 살아 있어서 나는 행복하다. 내 주위의 어디에도 노래하는 이가 없어서 행복하다. 사람들은 때론 너무 귀찮게 군다.

정원의 영혼은 수많은 계절과 시대와 영겁을 간직하고 있다. 하지만 우리 인간은 한 번에 10분도 온전히 경험하지 못한다. 영겁의 시간층 속에서 우리가 머무는 순간을 깊이, 온전히 경험하는 방법은 정원을 느릿느릿, 최대한 느리게 둘러보는 것이다.

관료주의와의 지루하고 혹독한 전투 끝에 이 특별하고 원시적인 포트 재크 해변 호주소나무 숲을 고스란히 지켜낸 소라고둥공화국 시민들께 나는 내가 드릴 수 있는 최고의 감사와 존경을 표한다. 그들은 절대 칭얼대지 않는다.

Marrakech
Weekend in the Oasis

마라케시, 오아시스에서 보내는 주말

정원과 차

마라케시에서 주말을 보내는 건 어떨까? 지나치게 세련된 일탈 아닌가! 그러니까, 너무 나답지 않은가 말이다.

20대에 카사블랑카와 라바트에 다녀온 적이 있었기 때문에 오래 전에 나는 모로코를 이미 다 봤다고 생각했다. 그러다가 정원사 친구에게서 마라케시에 있는 자르댕 마조렐Jardin Majorelle에 대한 이야기를 들었다. 세계 10대 정원 중 하나로 선정된 곳이란다. 전 세계에서 뽑혔다니! 처음 듣는 소리였다.

그러자 진짜 모로코 차를 마시고 싶은 소망을 아직 이루지 못했다는 기억이 났다. 그렇다. 차! 정원과 여행 못지않게 나는 차를 몹시 사랑한다.

그리하여 지금 내게는 마라케시 행 비행기를 예약해야 할 두 가지 이유가 생겼다.

마라케시의 아랍인들에게서는 솔직하고 다정한 분위기가 느껴진다. 그것은 아프리카인의 신비주의에 프랑스인의 세련된 매너가 약간 곁들여지고 무어인의 품위가 고명처럼 살짝 얹혀서 이루어진 것이다. 생의 의미를 고민하는 사람들이나 별난 문화를 찾아다니는 힙스터라면 이 분위기에 매혹될 수밖에 없을 거다.

이제, 차에 대해 이야기해보자.

차를 마시는 것은 모로코에서 가장 일상적인 전통이다. 한 사람당 차 소비량이 세계에서 가장 많은 나라다. 하루에 평균 넉잔을 마신다. 이 습관 때문에 모로코는 다른 아랍 국가들과 크게 다르다. 그 나라들은 단연코 커피를 제일 많이 마신다. 모로코가 유난히 다정한 국가인 이유는 차를 엄청 좋아하기 때문이다.

이 북아프리카 지역에서 살아가는 일은 수월하지 않다. 그래서 차가 존재한다. 고난은 예의와 배려를 최고의 덕목으로 만든다. 그래서 차가 존재한다. 기쁜 순간은 공유하고 축하해야 하므로 차가 존재한다. 손님은 환대해야 하고, 거래는 성사되어야 하고, 이야기는 주고받아야 하고, 지친 영혼은 위로해줘야 한다. 그래서 항상 차가 존재한다.

나는 파리에서 오후 비행기를 타고 마라케시에 도착했다. 북아프리카를 여행한 것이 하도 오래 전의 일이어서 문화 충격을 받았다. 당장 차 한 잔이 필요했다.

리아드 레 오랑제르 달릴리아Riad les Orangers d'Alilia호텔의 차를 우려 주는 우아한 아가씨 파티마가 잎이 도르르 말린 고급차를 찻주전자에 넉넉히 넣는다.

그녀는 거기에 갓 따낸 박하 잎을 조금 넣고 끓는 물을 붓는다.

차가 우러난다.

시간이 흐른다.

리아드 호텔 중정에는 바깥세상으로 난 문도, 창문도 없다. 이런 건물을 '베일에 싸인 건축물'이라고 부른다. 하지만 하늘로 뚫려 있는 높은 천장으로 사막의 투명한 햇빛이 쏟아져 들어와서 모든 벽과 바닥이 환하게 빛난다.

분수에서 솟은 물이 풀장으로 떨어진다. 작은 멧새가 오렌지나무 가지에 앉아 페카Fekka, 모로코 쿠키 부스러기를 달라고 짹짹거린다.

파티마는 찻주전자에 설탕을 한 스푼 넣어 저어주고 두 번째 찻물을 끓이기 위해 다시 불을 붙인다. 차에 대한 그녀의 예리한 감각이 차를 따를 때가 되었음을 알려줄 것이다.

지금, 분명한 목적을 갖고 느긋하게 즐기는 이 순간이 나는 정말로 편안하다. 차를 한 잔 따를 때마다 오아시스가 열린다. 당신은 영혼 속에 존재하는 고요하고 평화롭고 안락한 그곳으로 물러나 은거한다. 비범한 모로코인들은 차를 중심으로, 날마다 열리는 작은 오아시스를 중심으로 완전무결한 사막 문화를 창조해냈다.

1980년부터 1982년까지 나는 평화봉사단의 일원으로 니제르Niger에 머물렀다. 그때는 마라케시의 평화봉사단원과 함께 체크인해야만 그곳에서 주말을 보낼 수 있었다. 그 규정 덕에 나는 조지아주 출신으로 모로코에서 2년 동안 일하고 있던 사라 퀸을 만나게 되었다. 사라는 여성 및 예술 개발 프로젝트의 책임자로 마라케시에서 버스로 한 시간 거리(22킬로미터)에 있는 마을에서 봉사하고 있었다. 어느 날, 그녀는 여성으로만 구성된 수공예협동조합의 예술가들을 만나보라며 나를 아틀라스산맥 기슭의 마을로 초대했다.

수공예예술가협회 회장을 맡고 있던 기품 있는 제니브 부인이 우리를 반갑게 집으로 맞았다. 우리는 널찍하고 안락한 응접실에서 대접을 받으며 그녀가 갖고 있는 아름다운 전통자수 작품들을 구경했다. 그중 한 무더기는 특별히 수출용으로 만들어진 것들이었다. 관광객들의 취향이 생뚱맞게 느껴졌는지 그녀는 줄곧 재밌어 하는 표정이었다(당신도 다 큰 어른이 대체 왜 디즈니월드 티셔츠를 갖고 싶어하는지 의아했던 적이 있을 것이다).

제니브 부인은 상업 예술가로서의 자신의 작업에 대해 이야기하고 회원들이 솜씨를 키우고 얼마간 독립할 수 있도록 예술가협회가 어떻게 기회를 제공하는지에 대해서도 설명했다. 우리는 고양이 얘기도 했지만 다른 이야기들이 더 재미있었다.

차가 내어졌다.

아라비안나이트, 자르댕 마조렐 좌측 입구

자르댕 마조렐은 담장을 두른 작은 정원이다.

그 내부는 프랑스의 유명 패션 디자이너

이브 생 로랑Yves Saint Laurent과

그의 파트너 피에르 베르제Pierre Bergé의 사유지로,

산책로가 불규칙하게 뻗어 있다.

그들이 약 1만 2천평의 부동산을 사들였던

1980년에 약 3천평 크기의 정원은 오래 방치되어 볼품이 없었다.

하지만 그것은 프랑스 출신의 괴짜 예술가가

직접 창조한 작품, 마라케시의 명물로

이 지역에서 여전히 유명했다.

화가는 바로, 자크 마조렐Jacques Majorelle, 1886-1962이다.

정원의 부활

1919년, 자크 마조렐은 고향 낭시_{Nancy}를 떠나 이국적인 동양에서 예술적 영감을 찾고 있었다. 그 당시 동양은 젊은 보헤미안들 사이에서 매우 인기가 높은 지역이었다. 마라케시에서 그는 강렬한 빛과 색을 발견했다. 그것들은 그가 여기가 아닌 다른 곳에서 그림을 그리는 것을 무의미하게 만들었다.

북아프리카를 그린 그의 생기 넘치는 풍경화와 풍속화는 파리에서 비싸게 팔렸다. 그러다가 정원이 그의 인생을 독차지하게 되었다. 마조렐이 마흔 살이었을 때의 일이다. 그는 이 부지를 사들여 밤낮없이 정원만 가꾸었다.

마조렐은 항상 이렇게 말했다, 정원에 대한 집착이 자신을 죽음으로 몰고 갈 거라고. 광적인 식물 수집으로 파산 직전이었기 때문이다. 하지만 결국 그를 데려간 것은 정원이 아니라 자동차 사고였다. 자크 마조렐은 1962년, 76세의 나이로 세상을 떠났다.

호화 호텔로 개조되기 위해 파괴될 예정이었던 마조렐 저택이 이브 생 로랑과 피에르 베르제의 눈에 띄었다. 이 별장을 구입한 후 그들은 10년간 공을 들여 자크 마조렐의 아름다운 정원을 복원했다. 그리고 그들만의 오아시스로 즐기다가 2001년에 일반인에게도 문을 열었다.

개방되자마자 자르댕 마조렐은 꼭 봐야 할 정원으로 유명해졌다. 전 세계에서 온 수많은 관광객들이 이 정원을 북아프리카 전역에서 가장 아름다운 명소 중 한 곳으로 꼽는다.

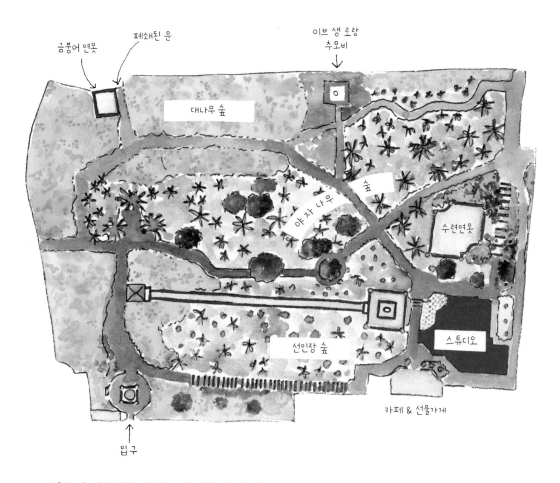

금붕어 연못

폐쇄된 문

이브 생 로랑
추모비
↓

대나무 숲

야자 나무

숲

수련연못

선인장 숲

스튜디오

카페 & 선물가게

입구
↑

자르댕 마조렐은 특색이 뚜렷한 세 개의 공간으로 이루어져 있다. 작은 대나무 숲, 울창한 야자나무 숲, 건식으로 꾸민 선인장 숲이 그것이다. 자크 마조렐이 창조한 이 가장 훌륭한 작품을 되살릴 때 이브 생 로랑과 피에르 베르제는 마조렐의 뒤를 이어 야심차게 나무를 수집했다. 그 결과, 지금 이 정원에는 5개 대륙에서 가져온 300종 이상의 식물이 산다. 그중 많은 것이 희귀하거나 멸종 위기에 처해 있는 종이다. 로드하우Lord Howe 섬 출신으로 우산처럼 생긴 캔터베리야자나무Hedyscepe canterburyana도 그런 식물이다.

이 정원을 구경하기 전에 나는 로드하우섬이 실제로 존재한다는 것을 몰랐다. 하지만 이제는 그것이 호주 동쪽 해안에서 약간 떨어진 작은 화산섬이며 그곳 토착 야자나무가 4종이라는 것을 알게 되었다. 서식지가 줄어드는 바람에 그 4종 모두 위기에 처해 있다. 그리고 아름다운 캔터베리야자나무는 그 섬에서 가장 희귀한 종이다.

자르댕 마조렐은 참 고마운 정원이다.

65

당신이 상상하는 것과는 다르다

그렇다, 대나무 숲이다. 선(禪)과는 상관이 없다. 여기 사하라 북부 스텝지역(초원지대)에서 그늘은 일종의 사치다. 마조렐 정원은 하나부터 열까지 사치스럽기 때문에 깊고 짙고 풍부한 그늘 속으로 들어서는 것에서부터 정원 체험이 시작된다.

대나무는 아프리카를 연상시키는 식물이 아니다. 하지만 몬테인대나무_{Montane Bamboo}는 아프리카 동부와 중앙의 고지대에서 울창하게 자란다. 이 토종 상록수가 아프리카 대륙의 숲의 4퍼센트를 이룬다. 그렇기에 자르댕 마조렐의 대나무 숲에 들어서면 아프리카 고지대의 시원한 숲 속으로 들어가는 느낌이 든다.

자르댕 마조렐은 아주 파
랗다. 실제로, 극도로 새파
랗다.

모로코는 민예품과 수공예
품에 파란색을 아낌없이 쓰
는 것으로 유명하다. 그러므
로 당연히 자크 마조렐도 모
로코의 파랑을 정원에 들여
놓아야 했다. 하지만 처음에
그는 그 지역 고유의 색을
얻기 위해 파랑을 전기분해하고 폭발시켜야 했다. 그리고 수년 간 애쓴 끝에 눈이 시리도록
파란 색조를 만들어냈고, 마조렐블루Majorelle Bleu라는 이름을 붙였다.

안타깝게도 색의 배합 공식은 비밀이었고, 마조렐이 사망하면서 함께 묻혔다.

마조렐 정원에 쓰인 가장 강렬한 파랑을 만들어내기 위해 나는 한 스위스 회사에서 파는 물
감을 구해야 했다. 그 회사의 울트라마린블루Ultramarinblau는 마조렐블루와 거의 비슷한 파랑으
로 1컵에 45달러다. 싼 값이 아니다. 이 마조렐블루 1컵은 모에 & 샹동 돔 페리뇽Moët & Chandon
Dom Perignon 한 병 가격과 맞먹는다.

아방가르드 스타일의 천국의 정원

물과 관련된 인공 구조물은 메마른 이슬람 토양에서 정원의 의의를 충족시키는 핵심 요소다. 그 지역에서 물은 신이 내린 기적이다. 이 영광스런 선물을 찬양하기 위해 모든 이슬람 정원은 코란에 묘사된 신의 천국—강물이 흐르는 울창한 낙원—을 본떠서 만들어진다.

전통적인 천국의 정원은 중앙에 두 개의 인공수로를 직각으로 배치해서 천국의 강을 상징한다.

그렇게 창조된 가장 화려한 천국의 정원 중 하나가 인도 우타르프라데시_{Uttar Pradesh} 주에 있는 이슬람 무굴제국의 유적이다. 약 0.22제곱킬로미터 크기의 이 정원은, 안타깝게도, 그 한쪽 끝에 세워진 아름다운 건축물 타지마할_{Taj Mahal}에 가려서 전혀 주목 받지 못한다.

자크 마조렐은 순응주의자가 결코 아니었다. 그는 정원에 인공수로를 단 한 개만 따로 설치했고, 그 끝에는 중앙에 분수가 있는 널찍한 풀장을 만들었다. 직선으로 뻗은 그 인공수로는 그가 정말로 사랑했던 이 이슬람 국가의 정원 설계 규약에 대한 존중의 표시라고 나는 생각한다.

한쪽 끝에 세워진 마조렐의 타지마할에 대해 이야기해보자. 마조렐은 1931년에 입체파의 철저히 수학적인 원칙에 따라 스튜디오를 건설했다. 그리고 10년 후, 현관 앞에 세 개의 아치가 있는 장식적인 격자 구조물을 세웠다. 이것이 그 입체파 건물의 완전무결성을 파괴한다고 순수 입체파들은 말한다.

나는 정밀하게 세공된 그 소소한 장식물이 마조렐의 마음의 평화에 꼭 필요했다는 의견에 동조한다. 정원을 보고 판단하자면, 마조렐은 구불구불한 관능적인 식물들이 빽빽하게 뒤섞여 자라는 것을 무척 좋아했다. 그 냉정한 입방체 건물을 세울 때 그는 엄정하고 분석적인 그 형식을 오랫동안 즐겁게 견딜 수 있을 거라고 완전히 오판했을 것이다. 그래서 그는 건물 앞에 커다란 연두색 장식품을 세워놓았고, 그 후로 내내 행복하게 살았다.

자르댕 마조렐은 엄청나게 복잡한 공간이다. 갖가지 식물과 건물과 질감과 색채가 빼곡하게 들어차 있다. 하지만 고요하고 정연하다는 느낌이 정원 전체에 깊이 배어있다. 사막과 열대지방과 산간지대의 식물들이 한데 섞여 있음에도 자르댕 마조렐은 대단히 조화로운 정원이다.

어쩌면 당연하다. 이브 생 로랑과 피에르 베르제가 이곳의 큐레이터였기 때문에 이 정원은 이브 생 로랑의 런웨이 컬렉션과 똑같은 완벽한 우아함을 경험하게 해준다. 그들의 빼어난 솜씨는 이국의 관능적인 정취를 우아하고 세련되게 풀어놓았다. 그게 전부가 아니다. 자르댕 마조렐의 모든 곳에서 나는 이렇게 느꼈다. 이 정원은 깊은 사랑을 받았고 그 사랑을 정원사에게 되돌려주었다는 것을.

들여다보지 말라는 표지나 그런 뉘앙스조차 나는 참을 수가 없다

나는 한가하게 정원을 돌아다녔다. 카페도 가보았으나 갈증을 푸는 것 말고는 별 게 없다는 것을 확인했을 뿐이다. 한 시간이 넘었지만 나는 마조렐이 건네는 정중한 위로를 포기하고 마라케시의 번잡한 거리로 나설 준비가 되어 있지 않았다. 그래서 걸음을 돌려 성당 같은 대나무 숲으로 다시 들어갔다. 그리고 곧바로, 처음 보는 산책로를 걷고 있음을 알아차렸다.

그 산책로 끝에, 정원 맨 안쪽의 구석진 그곳에 금붕어 연못과 파란 대문이 있었다. 문은 잠겨 있었다. 나는 즉시 알았다. 파란 대문은 건너편에서 자르댕 마조렐로 들어올 수 있는 주출입구였다. 그 건너편은 일반인의 출입이 철저히 제한된다. 거기는 바로 이브 생 로랑의 매우 비밀스런 거주 공간이었다. 1980년대 내내 그는 전 세계의 유명한 부자 친구들을 위해 그곳에서 대규모 파티를 열었다. 그들은 그 시절 마라케시의 화려하고 퇴폐적인 분위기를 쫓아 이 붉은 도시_{Red City}로 몰려 왔다.

이 담장 뒤에 있는 손님용 별채는 다르 에 사다_{Dar es Saada} 행복의 집으로 불린다. 본채의 이름은 빌라 오아시스_{Villa Oasis}다. 마라케시의 오아시스는 이브 생 로랑에게 꼭 필요한 장소였다. 피에르 베르제의 표현에 따르면, 그는 신경쇠약을 타고난 불안정한 영혼이었다. 이브 생 로랑은 자신의 명성에 대해 늘 걱정했고, 자신의 패션 제국과 호사스런 생활을 위해 상품을 끊임없이 창조해야 한다는 압박감에 자주 탈진했다. 패션사업이 가하는 압박에서 벗어날 필요가 있을 때 이브 생 로랑은 여기, 빌라 오아시스로 물러나 은거했다. 마라케시에서 그는 마음의 평화를 찾을 수 있었다. 이곳에서 자신을 20세기 후반기 패션계를 이끈 탁월한 창조주로 만들었던 천재성을 되살릴 수 있었다.

이브 생 로랑이 2008년에 세상을 떠났을 때 그의 유골이 자르댕 마조렐에 뿌려졌다. 굳게 잠긴 이 파란 대문에서 멀지 않은 곳, 담장 안쪽에 작은 주각(柱脚)이 서 있다. 마라케시에 대한 이브 생 로랑의 애정을 기억하는 기둥이다.

나는 뒤뚱거리며 그 파란 대문을 기어올랐다(문에 덧대어진 패널이 발판으로 그만이었다). 그리고 건너편을 살짝 훔쳐보았다. 많이 보이진 않았다. 그 내밀한 건물의 지붕선만 겨우 보일 뿐이었다. 나는 빌라 오아시스의 탑도 흘깃 보았다. 그곳에 방이 하나 있기를 희망했다. 만약 있다면, 그 방은 느긋하게 앉아 세상을 구경하면서 모로코 박하차를 마시기에 더없이 완벽한 공간일 것이다.

마라케시 정원이 알려주는 팁,
오아시스는 특정 장소가 아닌, 한껏 뻗어나간 상상력

나는 독특한 관점을 지닌 정원을 좋아한다. 그런 정원을 보고 즐기기 위해서라면 수천 마일 정도는 얼마든지 날아갈 마음이 있다. 그렇기 때문에 당연히 자르댕 마조렐을 보러 왔다. 이 정원이 매우 특이한 관점을 지닌 정원이라는 것은 분명하다. 하지만 문제가 있다. 그게 누구의 관점일까?

자크 마조렐이 이 정원을 상상하고 설계했다. 하지만 이브 생 로랑이 정원의 존속을 책임진다. 이곳을 여전히 마조렐 정원으로 부른다는 사실은 이 공간에서 주로 마조렐의 미학적 원칙을 체험한다는 뜻이다. 하지만 눈에 보이는 정원의 모든 면면에는 위대한 디자이너이자 분위기의 거장이었던 이브 생 로랑의 완벽주의와 취향이 짙게 배어있다.

그 문제에 대해 나는 오랫동안, 차를 여러 잔 마시면서 곰곰이 생각했다. 그리고 이런 결론에 이르렀다. 자르댕 마조렐은 누구의 관점을 보여주는가, 라고 묻는다면 대답은 한 가지 뿐이다. 천재의 관점. 이 정원은 처음부터 끝까지 천재에 대해 이야기한다.

마조렐은 이런 정원, 정말로 지적이면서 관능적인 정원을 상상해낸 천재였다. 그리고 나서 자신의 상상을 프랑스와 아프리카와 아랍의 특징이 뒤섞인 주변 문화와 통합했다. 그 문화가 자신의 상상과 완전히 동떨어진 것이었음에도 그는 통합에 성공했다. 이브 생 로랑은 오랜 방치로 폐허가 된 자르댕 마조렐을 보면서 거기에 스며있는 그 정원의 영혼과 의도와 목적을 감지해낸 천재였다.

이브 생 로랑은 생사를 초월하여 마조렐과 교감했고, 한 번도 만난 적 없는 한 남자의 독특한 정원 설계 원칙을 영원히 존속시켰다. 그리고 초자연적인 소통으로 되살려낸 이 정원을 자기만의 특별한 오아시스로 완벽하게 바꾸었다. 이런 완벽한 성공이 바로 천재적이라고 나는 생각한다. 이 정원은 이브 생 로랑과 자크 마조렐의 초자연적인 공동 작업, 그리고 이브 생 로랑과 피에르 베르제의 사적인 공동 작업의 산물이다. 그들의 교감과 공감과 소통이 이 정원이 주는 정서적 평온과 깊은 감동 속에서 분명히 느껴진다. 바로 그렇기 때문에 이 공간은 천재의 독특한 관점을 지닌 정원이다.

New
Orleans

Rose Garden Voodoo

뉴올리언스, 주술을 거는 장미정원

America has only three cities:
New York, San Francisco, &
New Orleans
Everywhere else is Cleveland.
Tennessee Williams

미국에는 도시가 세 개 뿐이다. 뉴욕, 샌프란시스코,
그리고 뉴올리언스. 나머지는 전부 클리블랜드다.
테네시 윌리엄스(Tennessee Williams)

뉴올리언스에서 사는 것은 뭔가 감상적이고 이상하고 말도 안 되는 짓이며, 에든버러나 롱아일랜드에서 사는 것과는 딴판이다

정말로 많은 면에서 뉴올리언스는 사람이 살기가 절대적으로 불가능한 곳이기 때문이다. 먼저, 미친 것 같은 열기와 80퍼센트의 습기가 그렇다. 그리고 북쪽은 약 1,630제곱킬로미터 크기의 폰차트레인Pontchartrain 호수가, 남쪽은 약 2,023제곱킬로미터 크기의 미시시피강 삼각주 늪지대가 둘러싸고 있는, 해수면보다 낮은 도시다. 그리고 해마다 0.5센티미터씩 가라앉는 중이다. 이것들을 그렇다 치고 넘어가 주면, 이번엔 허리케인이 들이닥친다.

정신이 제대로 박힌 사람은 여기서 안 살 거예요, 카렌이 말한다.

카렌 커스팅Karen Kersting이다. 그녀는 뉴올리언스에서 30년 동안 살아왔고 정원을 가꾼다. 카렌이 말하기를, 뉴올리언스는 운명을 시험해보는 것에서 사는 재미를 얻는 정신 나간 사람에게나 알맞은 곳이다. 이런 태도를 이 고장에서는 레쎄 레 봉 텅 울레Laissez les bons temps rouler, 행복한 시간이 계속 굴러가게 놔두자라고 부른다.

불어다. 불어는 뉴올리언스를 클리블랜드와 전혀 다른 곳으로 만드는 것 중 하나다(클리블랜드에게는 참 미안하다).

어쨌든 그렇다. 나는 지금 여기 크레센트시티Crescent City, 뉴올리언스의 별칭에 와 있다. 그 이유는 내가 장미를 사랑하고 카렌 커스팅이 업타운 14구역에 눈부신 장미정원을 갖고 있기 때문이다. 내가 가장 좋아하는 꽃을 보려고 내가 미국에서 가장 좋아하는 도시로 달려온 것이다. 나로서는 이게 행복한 시간이 계속 굴러가게 놔두는 것이다.

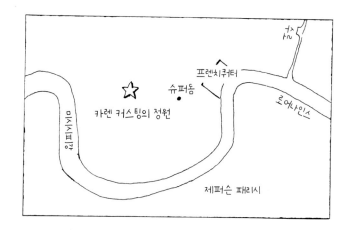

2005년 8월, 허리케인 카트리나Katrina가 뉴올리언스로 향할 때 카렌은 태풍이 오기 전에 휴스턴으로 대피했다. 그리고 돌아왔을 때 그녀의 집은 2미터가 넘게 물에 잠겨 있었다. 카렌의 이웃은 그 참담한 광경을 휙 둘러보고는 보다 평범한 삶을 찾아 어디론가 떠났다.

하지만 뉴올리언스에서 30년을 살아온 카렌에게 평범이라는 말은 정말로 끔찍하게 지루한 것이었다. 그래서 그녀는 더 유별나게 살기로 결심했다. 카렌은 이웃집을 사서 허물어버리고 그 빈터를 정원으로 바꾸었다.

1920년대에 전통 수공예 기술로 지어진 카렌의 작은 집이 제 모습을 되찾기까지 6년이 걸렸다. 그러고 나서 정원에 장미를 심음으로써 카렌은 허리케인 카트리나에 대한 최종 승리를 선언했다.

정원 입구에 세워진 문이 그 모든 것을 말해준다. 그 문은 프랑스 예술품으로 1900년경에 만들어진 것 같았다. 그때는 노르망디의 수공예 장인들이 아르누보 양식을 전통 목공 작업에 마음껏 적용해도 괜찮았던 시절이었다. 하지만 그보다 중요한 것은 이 문이 카트린키트Katrinket라는 점이다.

카렌이 알려준 바에 따르면, 카트린키트란 이곳 사람들이 카트리나가 남긴 폐허와 고통에서 벗어나려고 안간힘을 쓰던 시기에 사들인, 무진장 비싸지만 위로와 치유 효과가 있는 물건이다. 그러니까 에르메스 핸드백이나 할리데이비슨 오토바이 같은 것이다. 행복한 시간이 계속 굴러가게 놔두자고 또 한 번 말해 주는 그런 물건이다.

카렌에게 카트린키트는 세상에 하나밖에 없는 이 아르누보 양식의 프랑스 골동품, 행복한 시간이 굴러들어오는 이 정원 문이었다.

정원이 시작되는 모든 들머리 중에서 나는 여기가 가장 좋다

허리케인 카트리나가 휩쓸고 간 후, 카렌은 차고 진입로에 세워둔 트레일러에서 꼬박 1년을 살았다. 공간이 너무 좁아서 그녀의 치와와까지도 폐소공포증에 걸렸다. 1년 내내 진입로에서 살아야 한다면 누구든 그 자리가 꼴도 보기 싫어질 것이다. 그래서 미연방재난관리청에 트레일러를 돌려주자마자 카렌은 그 자리에 12종류의 장미를 심었다. 정확히 12종류였다. 그 이유를 카렌은 이렇게 말한다.

"어떤 숙녀든 장미 12송이는 받을 자격이 있지 않겠어요?"

덩굴장미

The Rambling Rose
vanilla, amber, parchment

덩굴장미
바닐라, 호박(amber), 양피지

Miss Gertrude Jekyll
sweet — sugary & creamy

미스 거트루드 지킬
사탕 – 아주 달고 부드러운

Tropicana *carnations & ice*

트로피카 카네이션 & 얼음

거트루드지킬

레이디뱅크스

트로피카나

Milady Banks *cut grass & violets*

귀부인 뱅크스 갓 베어낸 잔디 & 바이올렛

뒤셰드브라방

La Duchesse *satin & licorice*

브라방 공작 부인 새틴 & 감초

Zephirine
old ballgowns and late Spring

제피린
낡은 야회복과 늦봄

제피린드루앵

Geoff H.
a love song

제프해밀턴 사랑 노래

Pat Austin
playful & happy

팻오스틴 쾌활한 & 행복한

4ᵗʰ of July *the way the air smells after a thunderstorm*

포스오브줄라이 폭풍우가 지나간 후 바람에서 나는 냄새

제프해밀턴

팻오스틴

포스오브줄라이

피치드리프트

메타리장미

Peach Drift *bashful & naive — lilac powder & morning fog*

피치드리프트
수줍은 & 순진한 – 라일락 파우더 & 아침 안개

The Metairie Rose
lemonade and copper pennies

메타리장미
레모네이드와 코퍼페니(copper pennies,
당근과 갖은 채소, 식초, 설탕을 넣고 끓인 음식)

Scentsational
soap, honey, & Summer nights

센트세이셔널
비누, 꿀, 여름밤

센트세이셔널
Scentsational

공룡도 사로잡았을 향기

카렌의 진입로는 향기 정원에 가장 이상적인 환경이다. 담장이 둘러쳐진 그 공간은 장미 한 송이 한 송이가 뿜어내는 향을 가둬두기 때문에 그 모든 향에 온전히 집중해서 향기의 주술적 힘을 생생하게 경험하게끔 해준다.

배꽃 향에 괜히 서글퍼진다거나 혹 끼치는 야래향Night blooming jasmine 향기에 기시감(데자뷔)을 느낀다면 당신은 향기의 주술적 힘을 알 것이다. 때로는 무엇 때문에 그런 기분에 빠졌는지 전혀 알아채지 못한다. 기분이 좋았는데 문득 후회스러운 예전 일들이 연달아 떠올라 우울해지고, 당신은 주변을 둘러본다. 거기에는 우울한 기분을 촉발시킨 뭔가가 있을 것이다.

우리가 들이쉬는 향기는 뇌의 원시적인 부분, 즉 변연계Limbic system로 곧장 흘러간다. 우리의 뇌가 완숙 달걀이라고 치면 변연계는 노른자다. 이곳에 우리의 가장 원시적인 감정과 본능이 자리 잡고 있다. 더욱 진화되고 문명화된 대뇌라는 흰자 속 깊은 곳에 자리한 것이다.

향기는 변연계로 직행하는 노선을 따른다. 후각은 미각(마르셀 프루스트의 마들렌이 부린 마법을 생각해보시길)과 더불어 가장 원시적인 감각이기 때문이다. 시각과 청각과 촉각이 아직 진화하지 않은 먼 옛날, 근시에 귀도 어둡고 몹시 잔혹한 포식동물이 있었다. 키노그나투스Cynognathus라는 이 공룡도 글로소프테리스Glossopteris, 곤드와나 대륙에 무성했지만 멸종한 양치류를 킁킁거리며 좋았던 가을날의 기억들을 잠깐 떠올렸으리라. 2억 3,500만 년 전 어느 가을의 한 풍경일 것이다. 그리고 이 키노그나투스는 우리의 변연계 깊은 곳에 저장된 원시 본능과 밀접한 관계가 있는 파충류일 가능성이 크다.

그렇게 향기는 겉에 씌워진 이성을 관통하여 변연계에 저장된 특정 기억을 촉발시킴으로써 가슴을 옥죄는 슬픔이나 하늘로 붕 떠오르는 행복감을 일으킬 수 있다.

하나의 향기에 많게는 50가지 성분이 들어있기도 하다. 뛰어난 조향사는 향을 해독한 후 재조합하는 기술을 갖고 있다. 그렇게 선별되어 블렌딩된 향들은 지상과 천상의 아름다운 특성들을 차례차례 발산한다.

맨 먼저, 가볍고 자극적이고 확 퍼지는 향, 이어, 고급스럽고 관능적이고 풍부한 향, 끝으로, 오랫동안 은은하게 감도는 잔향. 향수업계에서는 이것을 탑노트Top note, 미들노트Middle note, 베이스노트Base note라고 부른다.

카렌 커스팅의 12송이 장미꽃다발

탑노트: 생존
테라코타, 양치식물, 나무껍질, 시나몬

미들노트: 축하
향료 섬의 목초지, 몰약

베이스노트: 평온
참나무이끼, 폭포, 하얀 꽃들의 샴페인 향

That which God said to the ROSE
and caused it to laugh in full-blown beauty

신이 장미에게 이르시니
장미는 아름다운 꽃송이를 활짝 피우며 웃게 되었고

He said to my heart
and made it a hundred times more beautiful

RUMI Persian poet, 1207 - 1273

신이 내 마음에게 이르시니 마음이 백 배 더 아름다워졌네
루미(Rumi), 1207~1273, 페르시아 시인

I went into the garden in the morning dusk
When sorrow enveloped me like a cloud
And the breeze brought to me
the scent of spices
As a healing balm for my ailing soul

Moses ben Jacob ibn Ezra (1060 - 1188)

아침노을이 번질 즈음,
슬픔이 구름처럼 나를 뒤덮을 때 정원에 들어서니
부드러운 바람이 향기를 실어다주네,
내 아픈 영혼을 치유해주려는 듯이
모세 이븐 에스라(Moses ibn Ezra,), 1060~1188, 랍비

덤

랜앱Lan-yap은 깜짝 놀랄 작은 덤을 선물로 주는
뉴올리언스 전통을 이르는 말이다.
투야그스Tujague's, 역사가 오래된 뉴올리언스 레스토랑에서 바텐더가
당신이 주문한 새즈락Sazerac 을 내어준 후
당신이 들고 나갈 수 있도록 라이Rye 위스키를 그냥
한 잔 더 줄 때 그것이 랜앱이다.
루이지애나는 그런 곳이다.
수련 연못에는 악어가 한 마리 있다.
서양철쭉과 수국, 아마릴리스, 호랑가시나무도 있고,
블루와일드인디고Blue wild indigo와 팬도르재스민Bower vine
시계꽃Passionflower 듀란타Sapphire shower 원추리Day lily
거베라데이지Gerbera daisy도 있다.
또한 분재도 있다.
월계수, 사이프러스, 피칸나무, 소나무,
프랑스 월계수가 그렇고, 야래향도 한 그루 있다.
전부 합해서 75종, 100그루가 넘는 식물이 카렌의 정원에 있다.
텃밭 식물과 감귤나무와 매년 들고 나는 일년초는 빼고 센 개수다.
카렌 커스팅은 식물 키우는 일에 남다른 재능을 타고 났다.

뉴올리언스 출신의 내 친구 데이비드는 이렇게 말한다.

미국 나머지 지역의 최악의 문제는 거기 사람들에게 "어떻게 지내세요?"라고 물으면

하나같이 "잘 지내요"라고 한마디로 대답을 마치는 거라고.

잘 지낸다고?

데이비드의 고향에서 "잘 지내요"는 공손한 관심을 깡그리 무시하는 대답이다.

대단히 무례한 발언이어서 모욕으로 간주될 정도다.

예의바른 뉴올리언스 사람들이 어떻게 지내냐고 묻는다는 것은

당신 자신과 적어도 다섯 명의 가족이나 서로 아는 지인에 대한

시시콜콜한 얘기를 듣고 싶다는 뜻이다.

그리고 그들은 아주 즐겁게 귀를 기울인다.

그렇기 때문에 포치Porch가 생겨난 것이다.

그렇기 때문에 장미정원을 구경한 후 카렌과 내가 포치의 시원한 그늘에

아예 자리를 잡고 앉은 것이다.

그리고 서로에게 묻는다. 요즘 어떻게 지내세요?

우리는 그곳의 최신 스캔들(뉴올리언스에서 엄청나게 선호하는 수다거리)에 대해

즐겁게 얘기한다. 카렌이 초계 어뢰정을 만들 때 쓴 나무토막을 하나 보여준다.

매거진스트리트에 있는 국립 제2차 세계대전 박물관 복원 작업을 도와줄 때

얻어온 것이다. 재즈페스티벌을 보러 뉴올리언스에 또 놀러오라는 말도 한다.

거기서 카렌은 캐롤튼 로터리 클럽 부스를 차릴 계획인데

자선 모금을 위해 맥주를 팔 거란다.

무슨 말이냐고? 랜앱.

뉴올리언스 정원이 알려주는 팁, 운명을 시험해보세요

열기와 역사와 부패와 미신의 냄새가 크레센트 시티의 대기에 충만하다. 바람에는 기차 연기 냄새와 스페니시모스_{Spanish moss} 냄새, 성당의 향내, 그릴에 구운 굴 냄새, 나무로 지은 포치 냄새, 베티버_{Vetiver} 뿌리 냄새가 진하게 배어있다.

그 다음에는 타락한 루이지애나주 정치가들의 썩은 내와 극도로 무능한 뉴올리언스 시정부 관료들의 구린 내가 뒤섞인 악취가 느껴진다.

카렌이 말한다.

"내가 왜 그냥 다 포기하고 치와와랑 계속 자동차에서 살지 못하는지 가끔 궁금할 때가 있어요."

당연히, 그녀는 그럴 생각이 없다. 그렇다. 뉴올리언스는 한 도시로서 사람이 살기에 적당하다는 느낌을 주는 곳이 결코 아니다. 그리고 뉴올리언스 사람들은 그걸 알고 있다. 하지만 그들 대부분은 그냥 포기한 채 자동차에서 살지 않는다. 그들 대부분은 이제 그만 마음을 접고 클리블랜드로 떠나지 못한다 (클리블랜드에게는 정말 미안하다).

그들은 장례식에서 춤을 추고 마르디그라_{Mardi Gras, 사순절 전날부터 시작되는 축제} 시즌 내내 즉흥 퍼레이드를 펼친다. 그들은 믿음을 굳게 지킨다. 그게 성 엑스페디투스_{Saint Expeditus} 동상에 파운드케이크를 바치고 미시시피강에 깃털 베개를 떠내려 보내며 날마다 부두교 주술을 외는 것이든 맛있는 베니에_{Beignet}도넛의 치유력을 믿는 것이든, 그들은 신실하다. 그들은 모든 것을 상실하고 모든 것을 재

건한다. 그들은 견디고 축하한다.

　당신은 결코 부인하지 못할 것이다. 뉴올리언스에서의 일상생활 그 중심에는 기품과 위엄이 존재한다.

　여섯 달 후, 카렌과 그녀의 장미정원을 다시 찾았다. 유난히 혹독한 겨울 날씨에 카렌의 부겐빌레아_{Bougainvillea}가 뿌리까지 죽고 말았다. 하지만 놀랍게도 장미는 잘 지내고 있었다. 재피린드루앵은 여전히 그 정원의 주술사로서 짙은 다마스크 향을 내뿜으며 벨벳 보석 상자에 대한 기억을 불러일으킨다.

　기상예보관은 올해 찾아올 폭풍 개수가 평년보다 적을 거라고 예측한다. 그건 크레센트시티의 일상에 충격을 가한다. 오직 허리케인 파티를 여는 횟수가 줄어든다는 것에 한해서만.

　어쨌든, 온갖 역경에도 또 하루를 살아냈다는 것은 축하해야 할 이벤트가 아니겠는가. 비록 클리블랜드에서 살고 있다 해도 말이다. 뉴올리언스 사람들처럼, 일상에서 만나는 행운에 환호한다면 우리는 훨씬 행복할 것이다. 그 도시에서는 운명을 시험해보는 것이 한 가지 생활방식이며, 금요일 밤에 티피티나스_{Tipitina's, 라이브 뮤직과 케이준 댄스가 펼쳐지는 곳}에서 춤을 추는 것이 기도만큼이나 간절한 기원이다.

Long Island
Part One

Making a Japanese Garden
Feel at Home

롱아일랜드 1

편안하고 자유로운
일본풍 정원

비콘타워, 『오즈의 마법사』에 나오는 성을 모델로
1918년에 알바 밴더빌트 벨몬트Alva Vanderbilt Belmont를 위해 지은 고딕 판타지

코홀 1921년, 튜더 리바이벌Tudor Revival 양식
옴스테드Olmsted 형제가 설계한 약 1.6 제곱킬로미터 크기의 정원

캐슬굴드
12세기 앵글로노르만Anglo-Norman 양식으로 1912년에 건축

구겐하임팔레즈
중세 프렌치 노르만 양식으로 1923년에 건축

부룰와 정원

여든 살 되신 이웃 할머니의 말씀에, 당신이 학생이던 1940년대에도 롱아일랜드의 전통적인 부유층 가문들은 여전히 『위대한 개츠비』를 몹시 못마땅해 했다고 한다. 그 소설에서 스콧 피츠제럴드 F. Scott Fitzgerald 는 감히 우리 고장을 싸구려 같아 보이게 묘사했다.

거기서 제이 개츠비와 끔찍한 뷰캐넌 가문 사람들이 롱아일랜드 노스쇼어 North Shore 에 살고 있다고 나온다. 노스쇼어는 롱아일랜드의 나머지 지역과 항상 거리를 두고(그러니까, 위에서 굽어보며) 지내왔다. 그래서 그곳을 골드코스트 Gold Coast 라고 부른다.

그 모든 것은 도금시대 Gilded Age 로 거슬러 올라간다. 그때 노스쇼어는 뉴욕의 백만장자 은행가와 변호사와 기업가들이 대저택을 짓던 곳이었다. 유럽의 성을 참고해서 지은 방 60개짜리 건축물들이 그 시절에는 절대로 싸구려 같아 보이지 않았다.

스콧 피츠제럴드는 1924년에 『위대한 개츠비』를 쓰는 동안 노스쇼어에서 지내는 데 한 달에 3,000달러가 든다고 추정했다. 그때 공인회계사의 월급이 평균 250달러로 당시로서는 고액이었다.

이 이야기들은 우리가 앞으로 구경하려는 정
원과 관련된 시대상황이다. 그 정원이 전통
부자가 만든 것이며 결코 싸구려가 아니라는
것은 보장한다. 하지만 골드코스트 최고의
전통 부유층 건축물들 속에서
그 정원은 벼락부자들의
유럽성을 흉내 낸 대
저택만큼이나 모든
면에서 바보짓의 산

오이스터베이로드Oyster Bay Road와 도그우드레인Dogwood Lane이 만나는 지점

물이다.

존 P. 흄스_{John P. Humes}의 일본 산책 정원으로 들어가 보자.

존 P. 흄스 일본 산책 정원을 아무리 둘러봐도 존 P. 흄스가 대체 누구인지 전혀 감도 잡지 못할 것이다. 그러므로 내가 알려주자면, 그는 버지니아주 명문가의 자손으로 1943년에 프린스턴 대학을 졸업했고 월스트리트 로펌의 파트너 변호사였으며 닉슨이 임명한 오스트리아 대사였다. 그리고 오하이오주의 부유한 은행가 가문의 상속녀이자 의학박사인 진 쿠퍼 슈미들랩_{Jean Cooper Schmidlapp}과 결혼했다. 1960년에 그는 아내와 함께 일본으로 여행을 갔다가 롱아일랜드에 자기만의 일본풍 정원을 갖고 싶다는 간절한 소망을 안고 돌아왔다. 그래서 슈미들랩 흄스 박사가 뒤뜰 한구석에서 약 4,900평을 떼어주자 그는 일사천리로 일을 진행시켰다.

존 P. 흄스 일본 산책 정원은 1986년에 일반인에게 개방되었다.

1993년부터 정원보전협회가 관리 중이다. 이 협회는 뉴욕 콜드스프링_{Cold Spring}에 본부를 둔 비영리기관으로 특이한 정원을 보전해서 대중의 감상 및 교육 향상에 헌신한다.

모든 정원은 고유의 관점을 갖고 있다
1960년대에 미국에 꾸며진 일본풍 정원은 특히 그렇다

1960년, 존 P. 흄스는 운명처럼 일본으로 여행을 떠났다. 그해는 제2차 세계대전 후 미군이 일본 점령 통치를 끝낸 지 겨우 8년 밖에 안 된 때였다. 하지만 그 8년 동안 미국 대중문화계에서는 얼마 전의 적국에 대한 태도가 180도 바뀌어 있었다. 이제 일본이 엄청나게 유행했다. 비행기 여행을 할 여유가 있는 경제 엘리트 사이에서 특히 유행이었다. 집안을 일본 장식품으로 가득 채우는 것은 자신의 국제주의를 자랑하는 한 가지 방법이었다.

색다른 일본 것들에 대한 이 열망이 1963년에 절정에 이르렀다. 일본 가요가 미국 빌보드 차트 1위를 차지했다. 그 곡에는 〈스키야키〉라는 얼토당토않은 제목이 붙었다. 이유는 미국인들이 발음하기에 〈스키야키〉가 진짜 제목인 〈우에오 무이떼 아루코우_{위를 보고 걸어요}〉보다 훨씬 쉬웠기 때문이었다.

그 곡은 후회와 슬픔을 떨치지 못하는 한 남자에 대해 노래한다. 그는 걸으면서 눈물이 흘러내리지 않도록 고개를 들어 별을 센다. 슬픈 정서(중간에 쓸쓸한 휘파람까지 나옴) 때문에 그 곡이 미국 대중의 귀에는 전형적인 이별 노래처럼 들렸다. 하지만 실제로는 미국과 일본의 상호협력안보조약 체결에 대한 작사가의 비통을 표현한 노래였다. 일본 국수주의자들에게 미국은 여전히 적국이었다.

내가 생각하기에 미국에서 일본 정원은 일본 가요와 똑같이 번역된다. 그러니까 얼토당토 않게 오역된다는 말이다. 그 증거로 나는 존 P. 흄스 일본 산책 정원을 제시한다.

그 공간은 자칭 산책 정원이지만 요런 4,900평짜리 산책 정원이 일본에는 결코 존재하지 않는다. 일본의 산책 정원들은 억지로 꾸민 듯한 약 12만에서 25만 평 크기의 풍경 속에 조성된다. 그리하여 정원을 찾은 이들은 한없이 이어진 오솔길을 따라 산책하다가 결국에는 머나먼 곳으로 장거리 여행을 하는 듯한 착각에 빠진다. 게다가 존 P. 흄스 일본 정원에서 불쑥불쑥 마주치는 다실(茶室), 연못과 언덕의 조경, 선불교적 요소들은 산책 정원이라는 맥락에는 결코 맞지 않는다.

이제부터 흄스 씨의 바보짓을 구경해 보자.

미국 롱아일랜드의 숲은 식물 구성과 특징과 분위기 면에서 일본 혼슈의 숲과 조금도 다르지 않다

존 P. 흄스 일본 산책 정원을 찾은 일본인은 누구든 그곳의 나무와 식물의 형태와 그림자에서 일본에 있는 듯한 느낌을 받을 것이다. 그 이유는 일본과 미국 북동부가 10,876킬로미터나 떨어져 있음에도 두 지역에서 공통으로 자라는 나무와 꽃식물이 100종이 넘기 때문이다.

이 특이한 불연속분포Discontinuous distribution, 생물종이 두 대륙 이상에 분포하는 것는 커다란 식물학적 수수께끼 중 하나로 수세기 동안 과학계를 괴롭혔다. 그 수수께끼는 1912년에 풀렸다. 그해 지구물리학자 알프레트 베게너Alfred Wegener가 세계지도를 보다가 각 대륙이 그림 퍼즐 조각처럼 서로 딱 딱 들어맞을 것 같다는 것을 알아차렸다.

그렇게 하여 베게너는 대륙이동설Continental drift theory을 제시했다.

북아메리카와 유럽과 아시아는 한때 서로 맞물려서 로라시아Laurasia라는 초대륙을 이루었다. 약 2억 년 전, 로라시아가 여러 조각으로 갈라지면서 각 조각이 현재의 위치로 이동했고, 그렇게 동떨어진 대륙에서 새로운 생물군계가 형성되었다. 로라시아 초대륙의 원래 생태계를 이루던 생물종은 다수 멸종했다. 기후와 지형이 그 생태계의 보전에 꼭 알맞았던 지구상의 두 지역만 예외였다. 그 두 곳이 바로 일본과 미국 북동부 해안의 섬들이다.

수백만 년 이상 격리된 탓에 미국과 일본의 생태환경이 약간 다르기 때문에 두 지역이 공통으로 물려받은 식물학적 유산에 작은 차이가 생겨났다.

가령, 미국의 산딸나무Flowering dogwood에는 작고 빨간 열매가 달린다. 그것은 신세계의 새들 90종의 소화관에 적합해서 새들은 열매를 먹고 씨앗을 퍼뜨린다. 반면에, 전혀 다른 환경에 처한 일본의 산딸나무Kousa dogwood는 새가 먹기 좋은 작고 딱딱한 열매를 맺지 않는다. 그 대신, 통통하고 즙이 많은 과일을 맺어서 그 씨앗을 퍼뜨려줄 일본 토종 생물, 즉 일본원숭이를 끌어들인다.

American Jack-in-the-pulpit
Arisaema triphyllum

Japanese 일본 천남성, 일명 코브라릴리
Jack-in-the-pulpit
also called Cobra Lily
Arisaema ringens

미국 레이디펀

American Lady Fern
Athyrium felix - femina

Japanese 일본 개고사리
Painted Fern
Athyrium nipponicum 'Pictum'

미국 스위트스파이어
American Sweetspire
Itea virginiana

미국 블루플래그아이리스

일본 스위트스파이어
Japanese Sweetspire
Itea japonica

미국 블루플래그아이리스
American blue flag iris
Iris versicolor

일본 아이리스
Japanese Iris
Iris kaempferi

The river has long
ceased to roar
but I still hear
the echo of its name

Anonymous, Late Heian period, c. 1100

Zen Dry River

강물은 오래 전에 흐르기를 멈추었으나
내 귀에는 여전히 그 소리가 들리네
작자 미상, 헤이안 시대 말기, 1100년경

이끼 깔린 바닥에서 잠깐 쉬면서 우주 만물이 공(空)으로 돌아간다는 것을 가만히 음미해보자

일본 미술의 가장 고상한 기능은 만물의 필멸성과 아름다움의 불가피한 퇴색에 대한 슬픔을 표현하는 것이다. 즉, 숭고한 비애감을 경험하게 해주는 촉매제 역할을 한다.

현재에, 지금 이 순간에 집중하려는 태도는 일본 문화의 모든 면에서, 도자기와 대중가요와 하이쿠, 심지어 다도(茶道)에서도 나타난다.

존재의 필연적 소멸이라는 만고의 진리를 일본 정원 속에 표현할 때 그 과제를 완벽하게 해내는 것이 바로 이끼다.

오이스터베이 어디에
도 이만한 곳이 없다

이제 존 P. 흄스 일본 산책 정원의
중앙에 놓인 장식품으로 가보자.

바로 다실이다. 말차 한 잔을 만들고 대접하기
까지에 필요한 200가지 동작이 수백 년을 거치며 성
문화되었다. 정원 조경 기법에 대해서도 그와 똑같이 대단
히 자세한 규칙이 900년경에 작성되었다.

일본 정원 조경술의 바이블로 간주되는 『사쿠테이키』作庭記는 돌의 배열, 개울과 섬과 나무,
폭포의 배치에 대해 183개의 엄격한 규칙을 제시한다. 풍수적으로 완벽한 정원을 만들기 위
함이다.

이쯤에서 고백하자면, 내가 마시지 못하는 차가 말차이며 나는 일본 정원을 그리 좋아하지
않는다. 그렇게까지 까다롭게 재고 따지는 것은 인생의 가장 사적이고도 황홀한 두 가지 경험
을 철저히 망쳐버린다는 게 내 생각이다. 사람은 자기 맘대로 즐겁게 차를 마셔야 하며 자기
만의 세계관에 맞춰 정원을 만들어야 한다고 나는 믿는다.

그렇기 때문에 내가 일본 정원을 좋아하지 않음에도 그 조경 규칙에 갇히지 않은 존 P. 흄

스 일본 산책 정원만큼은 예외로 둔 것이다. 선(禪) 정원을 어설프게 참고한 앙증맞은 산책 정원과 계획을 잘못 세운 짝퉁 다실이 신세계 로라시아풍의 숲 속에 놓여있다. 나는 이 정원을 아주 좋아한다. 오로지 존 P. 흄스의 마음과 생각 속에만 존재하는 일본 정원에 대한 경험을 아름답고 자유롭고 성실하게 표현했기 때문이다.

이 정원은 꽤 훌륭한 바보짓이다.

존 P. 흄스 정원이 알려주는 팁, 훌륭한 바보짓을 하기엔 지금도 늦지 않아요

17세기 프랑스 작가, 프랑수아 드 라 로슈푸코Francois de La Rochefoucauld는 살면서 바보짓을 하지 않는 사람은 그가 생각하는 것만큼 현명하지는 못하다고 했다. 『수상록』의 작가, 미셸 드 몽테뉴Michel de Montaigne는 더 많은 바보짓을 하지 않으려는 사람은 틀림없이 약간 바보일 거라고 말했다. 시인이자 소설가인 아나톨 프랑스Anatole France는 어땠나. 그는 "나는 냉담한 지혜보다는 열정적인 바보짓을 항상 더 좋아한다"고 말했다.

내가 흄스 씨의 정원을 바보짓이라고 부른 것에는 가장 큰 존경의 뜻이 담겨있다. 나는 그 정원이 보여주는 분명하고도 특이한 관점과 그것을 현실로 만든 그의 끈기와 자유로운 사고를 깊이 존경한다. 운명과도 같은 일본 여행에서 돌아왔을 때 흄스는 39세였다. 1960년 그해, 그는 막 중년에 접어드는 나이였고, 그 나이는 남자의 바보짓이 절정에 이르는 때다.

정원을 만드는 방식에서 바보짓은 특별하고 중요한 역할을 한다. 1741년에 리처드 그렌빌-템플Richard Grenville-Temple, 영국 정치가은 랜슬롯 브라운Lancelot Brown을 고용했다. 뛰어난 능력 덕에 케이퍼빌리티Capability 브라운이라 불렸던 그 조경사는 버킹엄셔의 대지를 전부 파헤친 후 영국의 자연경관을 그대로 들여놓은 듯한 풍경식 정원을 조성했다.

뭇 여성의 연인으로 잘 알려진 프랑수아 라신 드 몽빌Francois Racine de Monville, 1734-1791은 파리 근교에 유럽, 아시아, 오토만 스타일을 섞은 약 0.4제곱킬로미터의 공원을 창조했다. 순전히 여성이 일단 공원에 들어서면 그와 함께 끝없이 은밀한 산책을 할 수밖에 없도록 만들기 위해서였다.

찰스 해밀턴Charles Hamilton, 1704-1986, 영국 정치가은 은둔자를 고용해서 자기 정원에서 살게 한 것으로 유명하다. 계약에 따라 은둔자는 맨발로 돌아다니고 절대로 머리카락을 자르지 않고 모직 누더기를 걸치고 방문객에게 한 마디도 하지 말아야 했다.

웰링턴Wellington 공작 밑에서 복무했던 한 대령은 워털루전투에 나선 영국 중기병대의 전투 대형으로 참나무 수백 그루를 정원에 심었다.

2000년에 일본 고치 현, 기타가와 촌(인구 1,500명)의 촌장은 비가 많이 오는 그 산간마을에 "모네의 정원"을 만들었다. 지베르니Giverny 정원을 기이할 정도로 똑같이 재현한 그 정원은 그 후 일본 남부 지역에서 가장 인기 많은 관광지 중 한 곳이 되었다.

2009년, 런던의 팟홀Pothole 정원사 스티브 윈Steve Wheen은 도로의 팟홀 같은 상상 밖의 장소에 미니 정원을 꾸미면서 예상치 못한 행복한 순간을 창조하는 운동을 시작했다.

흄스 씨의 이웃도 빠지지 않았다. 도로에서 800미터 위쪽에 살았던 코Coe 가문 사람들은 이

탈리아 정원, 너도밤나무 숲, 소형 침엽수종 나무들, 진달래과 식물들, 세계 도처에서 모은 호랑가시나무 100종, 그리고 나무 500그루를 알파벳순으로 심은 "종합" 정원으로 약 1.6제곱 킬로미터의 뜰을 채웠다.

흄스 씨의 바보짓 같은 일본 산책 정원에게는 훌륭한 친구들이 꽤 있다.

Long Island

Part Two

A Poet's Orchard in Autumn

롱아일랜드 2
시인의 과수원에 찾아온 가을

미국에서 가장 유명했지만,
잊혀진 시인의 집

로슬린Roslyn 마을
롱아일랜드, 골드코스트
성립 : 1644년
인구 : 2,770명

잊혀진 시인, 윌리엄 컬런 브라이언트 William Cullen Bryant 1794-1878

윌리엄 컬런 브라이언트는 스물 셋의 나이에 문학계를 깜짝 놀라게 했다. 그의 시를 놓고 비평가들은 더없이 심오하고 더없이 절묘하고 더없이 고결하다고 찬양했다. 그의 시는 미국이 유럽과 동등한 수준의 예술을 창조할 수 있다는, 오랜 기다림의 증거였다.

브라이언트의『죽음에 대한 숙고』Thanatopsis는 81행으로 이루어진 유명한 시로서 죽음에 대한 인간의 두려움을 다음과 같이 표현한다.

황금빛 태양,
행성들, 무한한 하늘의 모든 주인들이
죽음이 살고 있는 슬픈 곳에서
빛나고 있다오
[중략]

『죽음에 대한 숙고』, 1817

이 시는 음울하고 비장하고 고루하고 줄곧 가르치려 든다. 한마디로, 그 시절의 취향에나 들어맞는 시라는 말이다.

유명한 시인이라는 것과 먹고 살만한 시인이라는 것은 별개다. 그래서 윌리엄은 문학적 재능을 밑천으로 신문기자가 되었다. 뉴욕이브닝포스트의 편집장이며 공동소유주로서 그는 시대의 가장 유력한 언론계 거물이자 영향력 있는 여론 형성가가 되었다. 또한 어마어마한 부자가 되었다.

현재를 즐겨라

미국에서 가장 유명한 시인이 1843년에 로슬린으로 이사해서 롱아일랜드 해협이 내려다보이는 고지대 약 0.8제곱킬로미터에 자리를 잡았다. 브라이언트는 그곳을 시더미어_{Cedarmere}라고 불렀다. 브라이언트 공공도서관 남쪽 벽에 해시계가 수직으로 붙어 있다. 시계에 드리운 그림자를 살펴보면 10월 초의 화창한 오후라는 것을 알 수 있다. 바로 이때가 가장 아름다운 시더미어를 볼 수 있는 황금시간대다.

그러니 현재를 즐겨보자.

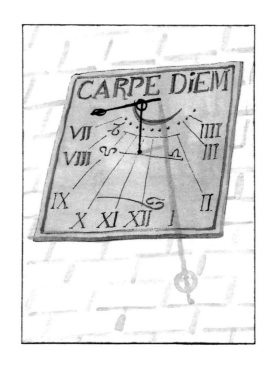

월리엄 컬런 브라이언트는 일반 대중은 물론 지식층 사이에서도 인기가 높았다. 그 이유는 그가 주로 노예제 폐지나 여성평등권 같은 진보적인 민주주의의 가치들을 옹호했기 때문이다. 그는 센트럴파크 조성에 앞장섰고 국립디자인아카데미National Academy of Design와 메트로폴리탄미술관Metropolitan Museum of Art 건립에도 중요한 역할을 했다.

1860년 2월 7일, 브라이언트는 뉴욕의 부유한 지인들 중 유력자 몇 명을 쿠퍼유니언Cooper Union 대학에 불러 모았다. 그리고 그 자리에서 일리노이주의 변호사 에이브러햄 링컨Abraham Lincoln을 소개했다. 이때 모인 사람들은 이후 대통령 후보가 된 링컨에게 선거 자금을 지원했다. 링컨은 대통령이 되었고, 이는 월리엄 컬런 브라이언트가 공동 창당한 신당, 즉 공화당이 거둔 최초의 승리였다.

시더미어의 윌리엄 컬런 브라이언트의 집

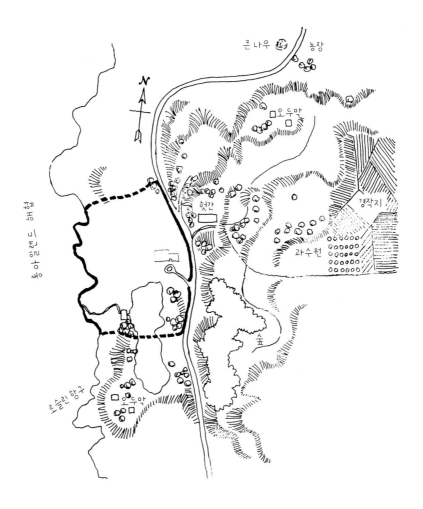

큰 나무 🌳 농장

N

오두막

헛간

경작지

과수원

숲

롱아일랜드 해협

로슬린 항구

오두막

 1975년, 윌리엄 컬런 브라이언트의 증손녀가 원래 약 0.8제곱킬로미터였던 시더미어의 마지막 남은 약 8,500평을 나소_{Nassau}카운티 공원관리부에 기증했다. 2004년에 시더미어는 뉴욕주 언더그라운드레일로드 헤리티지트레일_{Underground Railroad Heritage Trail, 역사문화 유적지 탐방로}에 포함되었다.

 시더미어 프렌즈_{The Friends of Cedarmere}는 자원봉사자로 구성된 비영리조직으로 그들의 활동은 시어미어 부동산과 정원의 지속적인 복원 및 보존에 매우 중요하다.

윌리엄 컬런 브라이언트의 나무가 울창한 작은 호수. 이곳은 가을의 아름다움을
극대화하려면 작은 숲을 어떻게 조성해야 하는가를 잘 보여준다.

유럽너도밤나무
흑호두나무
회화나무
켄터키커피나무
튤립나무
미국참나무
루브라참나무
터키참나무
쥐엄나무
피그넛히코리
사탕단풍나무
단풍나무
적삼나무

시더미어의 작은 숲은 자연에서 자란 나무들과 인공으로 심은 나무들이
잘 어우러진 특이한 곳이다. 1876년, 『아트저널』에 실린 글에서

나는 숲을 배회한다
뒤섞인 장관들이
붉게 타는 곳
명랑한 나무 무리가
저 밑의 초록 들판을
내려다보는 곳

『가을 숲』
윌리엄 컬런 브라이언트

I roam the woods
Where mingled splendors glow,
Where the gay company
        of trees look down
On the green fields below.
        Autumn Woods
    William Cullen Bryant

　　롱아일랜드의 가을은 하루하루가 아니라
시간시간마다 변한다. 가을이 가장 찬란하
게 빛나는 순간에도 우리는 안다, 바람이
세차게 불 때마다 그 아름다운 빛깔이 참혹
하게 찢기고 바래며 11월로 들어서고 춥고
긴 겨울밤들이 성큼성큼 다가온다는 것을.
　　완벽하게 물든 가을 나뭇잎을 찾으려면
화창한 10월 오후의 단 한 순간도 흘려보내
서는 안 된다.

완벽한 가을 잎새의 기준은 그 잎이
그 계절의 모든 빛깔로 자기 이야기를
들려줘야 한다는 것이다.

게다가 개성이 있어야 한다.

완벽한 가을 나뭇잎을 보는 순간, 그냥 안다.

그러면 재빨리 행동에 나서야 한다.
이런 가을 잎은 결코 오래가지 않는다.

5

6

8

7

150년의 세월을 이어준 배나무 이야기

이웃 할머니는 손님이 오면 오후에 함께 칵테일 마시는 것을 좋아한다. 나도 그렇다. 내가 놀러갈 때마다 그녀는 위스키와 스위트베르무트를 섞어 로브로이_{Rob Roy}를 만든다. 그리고 우리는 포치에 마련된 의자에 편히 앉아서 죽었거나 살아있는 모든 이웃들에 대해 이야기한다.

어느 날, 할머니가 우리 마을에 살았던 나이 든 독신남자에 대해 얘기해주었다. 올드 트레드웰 씨라고 불렸던 그분은 할머니의 아버지의 친구였다. 그녀는 트레드웰 씨의 정원에 놀러갔던 때를 기억해냈다. 아주 어렸을 적의 일이었다. 그 연로한 신사는 볼품없이 자란 작은 나무를 가리키며 이렇게 말했다고 한다.

"저게 말이지, 시더미어 배나무들의 마지막 자손이란다. 70년 전에 브라이언트 씨가 직접 내게 주신 배의 씨앗이 저렇게 자란 거야."

윌리엄 컬런 브라이언트는 배를 무진장 좋아했다.

매년 8월, 애지중지하는 배나무들이 열매를 맺을 때면 브라이언트는 로슬린의 어린아이들을 한 명도 빼놓지 않고 시더미어에 초대했다. 과수원으로 소풍을 가서 배와 케이크를 먹기 위해서였다. 브라이언트 부인의 스펀지케이크는 그저 그렇다는 소문이 났지만 배는 그야말로 별미였다.

올드 트레드웰 씨는 다섯 살 되던 해의 8월에 시더미어에 놀러갔다. 그도 배를 엄청나게 좋아했다. 그날, 브라이언트 씨는 과수원에서 울고 있는 어린 트레드웰 씨를 우연히 보았다. 브라이언트 씨의 시더미어 소풍에는 규칙이 있었다. 아이들은 땅에 떨어진 배를 원하는 만큼 주워 가질 수 있었지만 나무에 달린 배는 손대지 말고 놔둬야 했다. 하지만 어린 트레드웰 씨는 바람에 떨어져 땅에 굴러다니는 배는 한 개도 갖고 싶지 않았다. 그는 손이 닿지 않는, 저 위에 매달린 배가 갖고 싶었다. 그 배는 브라이언트 씨가 특별히 재배한 고유 품종, 시더미어 배였다.

어린아이를 유난히 예뻐했던 브라이언트 씨는 나무에서 배를 따서 어린 트레드웰 씨에게 주었다. 그리고는 그 배를 집에 갖고 가서 어둡고 서늘한 곳에 두라고, 배가 늦여름 건초지 같은 색깔이 될 때까지 가만히 두라고 일렀다. 그때쯤이면 먹기 좋게 익을 테니까.

그러니까 바로 그 배가 올드 트레드웰 씨 정원의 작은 배나무로 자라난 씨앗을 제공한 배였던 것이다. 하지만 아닐 것이다. 배에 대해 아는 건 별로 없지만 그럼에도 나는 트레드웰 씨의 이야기에서 몇 가지 허점을 알아차렸다. 우선, 시더미어 배의 씨앗을 시더미어 배나무로 키우는 것은 불가능하다. 씨앗을 심는다고 해서 같은 이름의 과일을 맺게 하지는 못한다. 조금 이상하지만 과일나무는 원래 그렇다. 시더미어 배나무를 키우기 위해서는 꺾꽂이와 묘목과 접붙이기가 필요할 것이다. 그렇게 했다고 해도 트레드웰 씨가 그게 마지막 시더미어 배나무라고 주장했던 때쯤이면 그 나무는 배나무 수명 50년을 이미 옛날에 넘겼을 것이다.

그럼에도 내가 이 거짓말 같은 얘기를 여기에 주절주절 늘어놓고 있는 이유는 그 이야기에 엄청나게 흥분했기 때문이다. 그것은 나와 윌리엄 컬런 브라이언트를 이어주는 살아있는 고리이기 때문이다. 올드 트레드웰 씨의 자랑거리가 되었던 브라이언트는 내가 이웃집 포치에 앉아있던 그날 오후, 세상을 떠난 지 이미 150년도 더 지난 어느 날까지도 생생하게 살아있었다.

이웃 할머니와 나는 로브로이를 높이 들어 건배했다.

나의 영웅, 미국의 가장 유명한 잊혀진 시인을 위하여.

오츠Otts, 자르고넬Jargonelle, 타이슨Tyson, 오스번즈섬머Osband's Summer
디어본Dearborn

시(詩) 다음으로 윌리엄 컬런 브라이언트의 존재 이유는 배였다.
브라이언트는 배 과수원에 전문 감정가로서 고른 품종(제목을 참고하시길)을 키웠다.

그는 따낸 배가 물러 터져가는 궤짝을 서재에 켜켜이 보관했다. 그리하여 한여름부터 초가
을까지 그의 저택은 그 부패 과정을 정확히 알려주는 향기, 손님들이 약간의 식욕도 느끼지
못하는 퀴퀴한 와인 썩은 내로 가득했다.

브라이언트가 재배한 시더미어 배는 작고 둥글고 푸릇푸릇한 노란색을 띠었다. 과육은 하
얗고 즙이 많고 결이 고왔다. 시더미어 배가 미국 농무부 연보에 마지막으로 등장한 해는
1908년이었다. 그 후로는 멸종된 것으로 짐작된다.

브라이언트는 시더미어를 딸 줄리아에게 물려주었다. 그녀는 아버지만큼 배를 좋아하지는 않았다. 방치된 과수원은 그대로 죽어서, 호라티우스Horatius의 말처럼, 먼지와 그림자로만 남았다. 그 고대 로마 시인은 이렇게 말했다. 착한 자도, 부유한 자도, 유명한 자도 결국은 사라지고 남는 것은 먼지와 그림자뿐.

브라이언트가 얼굴도 모를 증손녀는 나이가 많이 들었을 때 저택과 토지를 나소카운티에 기증했다. 그 무렵에 과수원은 그 토지를 그린 오래된 지도 위의 몇 개의 표시로만 알려져 있었다.

역사는 쉽게 잊혀지고, 명예는 한 순간에 소멸하며, 세대가 바뀔 때마다 기억은 흐려진다, 그 이유가 무엇이든.

이제 윌리엄 컬런 브라이언트는 그가 사랑했던 과수원만큼이나 까맣게 잊혀졌다.

윌리엄 컬런 브라이언트의 정원이 알려주는 팁, 현재를 즐기세요

애드가 앨런 포_Edgar Allan Poe_와 월트 휘트먼_Walt Whitman_은 브라이언트의 시적 천재성이 그를 불멸의 순수 시인으로 만들 거라고 확신했다. 찰스 디킨스_Charles Dickens_는 1867년에 뉴욕을 방문할 때 윌리엄 컬런 브라이언트만큼은 꼭 만나보고 싶다고 공표했다.

에이브러햄 링컨은 브라이언트가 주도한 쿠퍼유니언 모임 이후 일리노이로 돌아가서 이렇게 말했다. "그렇게 대단한 분을 만난 것만으로도 동부에 간 보람이 있었다."

1878년에 브라이언트가 사망했을 때 뉴욕 시는 전역에 조기를 게양했다. 1911년 10월 24일, 맨해튼의 브라이언트파크_Byrant Park_에서 거대한 브라이언트 동상을 제막할 때는 헨리 반 다이크_Henry Van Dyke_가 헌정 연설을 했다. 그는 소르본 대학에서 브라이언트의 시에 대해 강의하던 미국의 저명한 지식인이었다. 미국에서 가장 완벽하게 잊혀진 시인이 한때는 그렇게 유별나게 유명했었다.

그 시절에 그를 알았거나 그에 대해 알고 있던 사람이라면 누구나 그렇게 엄청났던 남자가 오늘날에는 아무에게도 기억되지 않을 수도 있음에 충격을 받을 것이다. 어쩌면 슬픔과 약간의 환멸을 느낄지도 모른다. 비록 그의 시는 한물간 지 오래지만 윌리엄 컬런 브라이언트가 한 시대를 휘어잡은 영웅이라는 것은 기억되어야만 한다.

그가 지상에서 보낸 82년을 어떻게 따져 보든 간에―문화 및 사회 운동가로서, 정치적 이상주의자로서, 과수원예학자로서 그가 이룬 것들의 개수와 수준을 고려하면―윌리엄 컬런 브라이언트가 단 하루 동안에도 많은 걸 해낼 수 있었음은 분명하다. 그것이 일생 동안 차곡차곡 쌓인다. 그가 이루어 물려준 수많은 훌륭한 유산에 더 이상은 그의 이름이 붙여지지 않는다. 하지만 그의 인도주의는 국민의, 국민에 의한, 국민을 위한 국가의 인내력 속에, 비록 익명이지만, 여전히 살아있다.

눈부신 10월 어느 오후에 브라이언트의 시더미어를 찾아가면 그가 "시절의 고요한 지체"라고 부른 것―침묵, 광활함, "모든 것을 지켜보는" 지나가는 계절―을 경험할 수 있다.

죽음에 대한 숙고, 가을 나뭇잎은 생의 눈부시게 빛나는 모든 순간에도 죽음의 계절이 숨어 있다는 것을 떠올려준다. 그러니 최대한 많은 순간을 즐기시기를. 당신이 할 수 있는 동안, 할 수 있는 만큼. 일생 동안 그것이 차곡차곡 쌓여서 잘 살아낸 한 인생이 된다.

Edinburgh
Moments of Truth in a Winter Garden
에든버러, 겨울 정원에서 마주하는 진실의 순간들

So many inhabited solitudes...

...Scotland is the country above all others that I have seen,
in which a man of imagination may carve out his own pleasures.

너무도 많은 고독한 영혼들이 살고 있다

스코틀랜드는 내가 가보았던 가장 위쪽에 있는 나라다.
그곳에서 상상력이 풍부한 사람은 자기만의 즐거움을 조각해낼 것이다.

I feel more strongly the power of nature over me,
and am better ... able to find enjoyment in what
unfortunately to many persons is either dismal or insipid.

Dorothy Wordsworth, *Recollections of a Tour Made in Scotland*, 1803

자연의 힘이 나를 더욱 강하게 지배하는 느낌이다. 그리고 많은 사람들이,
안타깝게도, 울적하거나 지루하다고 느끼는 것에서 나는 즐거움을 더 잘 찾아낼 수 있다.
도로시 워즈워스Dorothy Wordsworth, 『스코틀랜드 여행기』 1803년

스코틀랜드는 내성적인 사람들의 나라다

게다가 그곳은 내성적인 사람들을 위한 나라이기도 하다. 차가운 겨울비에 낮에도 세상이 온통 몽롱하고 어렴풋할 때 내가 가장 좋아하는 이국의 도시에 머무는 것을 나는 사랑한다. 나는 비를 정확히 감정할 줄 안다 (우리 내성적인 사람들은 전부 그렇다). 그리고 에든버러의 1월의 비는 낭만적이다. 도서관의 고요, 단조의 슬픈 노래, 땅거미가 지는 4시 정각에 홀로 있음을 사랑하는 우리들을 위한 비다. 당신이 혼자 있는 것을 좋아하지 않는 사람이라면 1월에 에든버러를 찾아가 보라. 에든버러는 그걸 어떻게 해내는지를 가르쳐줄 것이다.

틀림없이 일고여덟 번은 여기를 지나갔을 것이다. 그러고
나서야 나는 137번지에 있는 그것, 희미하게 빛나는 저 초
록을 알아차렸다. 별다를 게 없는 골목 끝에, 일 년 내내 문
을 여는 크리스마스 숍과 폐업한 여행사 사이에 끼어있는
저 초록은 에든버러에서 가장 잘 보존된 비밀의 정원이다.

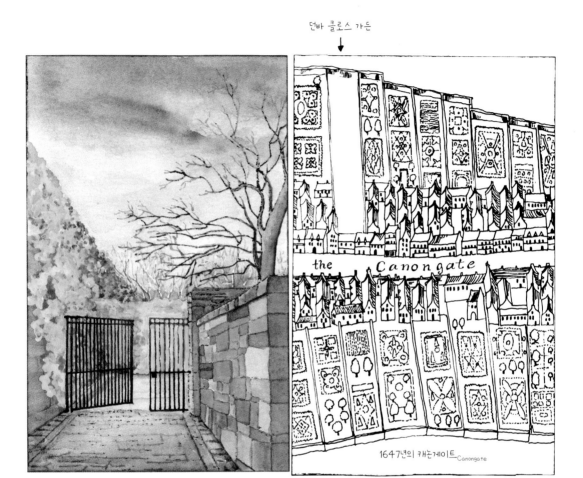

던바 클로스 가든
↓

the Canongate

1647년의 캐논게이트Canongate

17세기 에든버러의 특색에 맞게 설계된
캐논게이트 유일의 바로크 정원
던바 클로스 가든Dunbar's Close Garden에 오신 걸 환영합니다

17세기 에든버러 특색에 맞게 설계된

곧게 뻗은 캐논게이트 거리는 한때 스코틀랜드 왕국에서 가장 고상한 구역이었다. 전성기에는 공작 두 명과 남작 일곱 명, 백작 열여섯 명, 준남작 열세 명, 항소법원 재판관 일곱 명이 이웃하며 살았다. 하지만 18세기와 19세기에 그 거리는 차차 외면되었다. 상류층이 새롭게 부상하는 구역으로 하나둘 떠나버리자 그들이 남기고 간 오래된 저택들은 양조장과 공장, 공동주택, 빈민 구호소로 바뀌었다.

1950년대에 시작된 도시 재개발이 그 지역이 계속 황폐해지는 것을 막아주었다. 이제 캐논게이트는 에든버러 최고의 주거지라는 예전의 영광을 서서히 되찾아가는 중이다. 2004년, 그 아래쪽 끝에 스코틀랜드 의사당 건물이 새로 세워졌음에도 그렇다. 그것은 확실히 유럽 전역에서 가장 보기 흉한 건축물 중 하나다.

던바 클로스 가든은 머쉬룸트러스트The Mushroom Trust가 만든 정원이다. 이 스코틀랜드 자선기관은 도시 속에 녹지공간을 창조하고 보존하는 일을 한다. 정원 설계를 맡은 사람은 쉐머스 필로어Seamus Filor로서 그는 후에 에든버러 대학에서 조경학을 강의했다.

머쉬룸트러스트는 '17세기 에든버러의 특색에 맞게 설계된' 이 정원을 1978년에 에든버러 시의회에 기증했다. '17세기 에든버러의 특색에 맞게 설계된' 정원이라면 무엇이든 단 한 가지를 의미한다. 반듯하게 손질된 여러 개의 파르테르Parterre를 배치한 바로크 정원이라는 것.

17세기에는 정원사가 가지고 작업할 만한 식물이 별로 없었다. 오늘날 우리가 당연하게 여기는 다채로운 색깔의 꽃들이 그때는 존재하지 않았다. 세 종류의 스코틀랜드 토착식물이 전부였다. 주목Yew과 호랑가시나무Holly와 구주소나무Scotch pine가 그것이다. 정원사가 수입된 지중해 월계수Mediterranean bay laurel 몇 그루를 간신히 손에 넣을 수 있으면 그제야 네 번째 상록수가 식재 목록에 올랐을 것이다.

그래서 영리한 정원사들은 주변에 있는 식물은 뭐든지 심었고, 그것들을 재밌는 모양과 패턴으로 다듬어서 파르테르를 창조했다. 파르테르는 기하학의 규칙성과 토피어리Topiary, 자연 그대로의 식물을 동물 모양으로 자르고 다듬어 보기 좋게 만드는 기술의 오락성을 결합한다. 그리하여 마음을 진정시키는 정연한 기하학적 패턴과 갖가지 형태로 단정하게 손질된 초목들로 이루어진 정원이 탄생한다.

바로 그거다. 첫눈에 감탄이 절로 난다.

건강한 토양에 정원을 앉히고, 느닷없이 불어오는 서풍과 북쪽에서 몰려오는 추위와 휘몰아치는 동풍을 막아라. 담장을 따라 심은 나무와 관목을 정기적으로 잘 손질하고 가지를 쳐라. 정원의 초목들은 몇 가지 모양으로 다듬어주고, 산책로는 자갈을 깔고 항상 깨끗하고 보기 좋게 유지하라.

『스코틀랜드 정원사』 The Scots Gard'ner, 에든버러의 존 리드 John Reid, 1683년

최상의 상태로 보존된 1650년경의 도시 정원

설계 상, 이 정원을 서둘러 구경하기는 애초에 불가능하다. 바로크 정원의 엄격한 형식은 시끌벅적한 방문객들을 차분하게 진정시키는 재주가 있다. 그리고 좁은 자갈길은 정원의 한 구역에서 다른 구역으로 재빨리 넘어가는 것을 방해한다.

즐거움을 주는 정원을 위해

올바르게 배치되어 잘 심겨진 식물들은

안쪽의 토양을 해로운 모든 것으로부터 안전하게 지켜주며

바깥쪽의 거칠고 고르지 않은 것들을 잘 감춰준다.

회양목

Box

Bay

월계수

호랑가시나무

Holly

Yew

주목

144

그림자를 남기지 않는 빛

겨울에 나무를 한 그루 바라보는 것은 그게 실제로 무슨 나무인지를 알아보기 위해 보는 것이다. 겨울나무는 정말로 복잡 미묘하고 혼란스러운 대상이다. 그래서 겨울나무는 전부 뻔하고 그게 그거라고 진즉에 결정을 내리지 않았다면 우리는 호기심 가득한 눈으로 나무를 유심히 살펴보면서 몇 시간이고 생각에 잠기곤 한다.

나무의 생김새는 철저히 우연에 의한 것일까, 아니면 거기에도 얼마간의 필연이 있을까? 나무의 단단한 줄기는 스스로를 갈라서 가지로 뻗어나가고, 가지는 우연처럼 갈라지고 또 갈라진다. 그러다가 모든 가지가 갈라지는 행위를 멈추고 끝을 맺는다. 마치 예정된 목적지에 다다른 듯이. 그리고 마침내 나무는 텅 빈 하늘로 뻗은 그 특별한 형태를, 나무의 영혼처럼 보이는 것의 윤곽을 그대로 유지한다. 이건 곰곰이 생각해볼 만한 중요한 것이다.

그리고 상록수! 배경에 묻히지 않고 한 해의 남은 일들을 떠맡아 끝내려는 듯이 상록수들이 갑자기 도드라진다. 그것들은 겨울 풍경 속에서 가장 생생하게 살아있다. 따뜻한 계절에는 감쪽같이 숨겨왔던 투사의 기질, 그 진실이 겨울에는 확연히 드러난다. 겨울날의 햇빛 속에서는 변명이 통하지 않는다.

겨울은 바로크 정원의 가장 훌륭한 면을 돋보이게 해준다. 그 정직한 계절은 정원을 설계한 진짜 의도를 노출시킨다. 산술연산으로 도출한 원과 직선, 변화에 대한 심리적 저항을 보여주는 안정적인 대칭, 소크라테스가 영원히 그리고 절대적으로 아름답다고 말한 순수기하학의 평면과 입체도형을 겨울이 드러내준다.

스코틀랜드 정원사의
윈터 캘린더

연장을 날카롭게 벼리고 수리하라.
그때까지 살아있는 식물들을 추위와 습기로부터 보호하라.
겉으로 드러난 나무뿌리를 덮어주라.
연약한 상록수 묘목을 따뜻한 곳으로 옮겨라.

전나무와 산사나무 생울타리와 잎을 떨구는
모든 나무와 관목을 전지하라.
더욱 튼튼하고 오래 전에 심은 것들도 역시 전지하라.

허약해진 꿀벌들을 잘 먹여라.

호랑가시나무와 주목 등의 씨앗을 모아라.
튼튼하고 아름다운 나무를 갖고 싶다면
씨앗에서부터 키워야 하기 때문이다.
고리버들과 하셀 줄기를 모아서 폭풍우가 치는 날,
바구니를 만들어라.

겨울철 요리와 음료
데친 셀러리, 식초에 절인 아스파라거스,
십자화과 채소, 비트, 펜넬 뿌리 달인 물.
사과주, 애플와인, 배, 셰리주, 꿀 등.

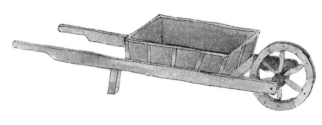

헤이즐넛 줄기

버들가지

겨울의 앙상한 나무를 지칭하는 단어가 따로 있어야 한다

작은 파르테르에서 튤립나무를 보는 것은 대단히 드문 일이다. 그 나무는 주로 훨씬 웅장한 풍경을 위해 심겨지기 때문이다.

1630년대에 식민지였던 미국에서 처음 들여와 영국 정원에 모습을 나타내자마자 튤립나무는 돌풍을 일으켰다. 예쁘장한 잎사귀와 가을날의 황금빛과 위풍당당한 모습 때문에 튤립나무는 매우 귀한 대접을 받았다. 다 자란 나무는 키가 평균 24에서 30미터에 이르고, 둥그런 수관(樹冠)은 12미터 정도다. 튤립나무는 지금도 영국에서 가장 인기가 많은 그늘나무 중 하나다.

하지만 17세기의 스코틀랜드에서 한 그루 튤립나무는 극도로 진귀한 구경거리였을 것이다. 당시에 스코틀랜드 경제는 심각한 불황이었다. 영국 1파운드는 스코틀랜드 4파운드의 가치가 있었다. 이로 인해 수입품의 가격이 터무니없이 비쌌을 것이다. 하지만 예로부터 광적인 수집가가 돈 때문에 갖고 싶은 것을 포기한 적이 있었던가? 1630년경에 튤립 묘목 한 그루의 가격은 정원사의 여섯 달치 월급과 맞먹었다.

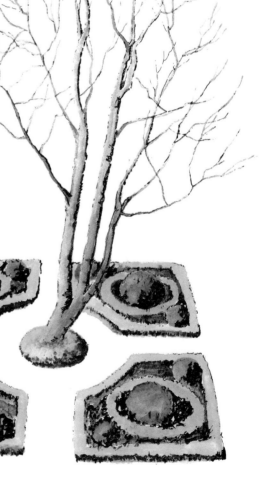

오후 4시 정각.
빛이 거의 사라졌다.
던바 클로스 가든이 은둔할 시간이다.

은둔한 정원에 대하여
나무들은 이상하리만치 조용히 서 있다.
골짜기가 전에는 그리 깊어 보이지 않았고,
언덕도 그리 높아 보이지 않았다.

한없이 경외로운 고요,
충만한 평온,
이슬 맺힌 정원 잔디가 내뱉는 숨결들,
침묵의 정원이 수런거린다.

로버트 루이스 스티브슨 Robert Louis Stevenson, 에든버러 토박이

에든버러 정원이 알려주는 팁, 고독 속에 온전히 머무세요

이런 색조의 초록이 열대지방에서 아주 멀리 떨어진 곳에 존재해서는 안 된다. 그리고 죽음의 계절, 겨울에 존재해서도 당연히 안 된다. 스코틀랜드 페스쿠Scottish fescue 이 억센 잔디는 하염없이 내리는 차가운 비를 좋아한다.

추적추적 비가 오는 음습한 날이다. 나는 머리끝부터 발끝까지 흠뻑 젖었다. 스코틀랜드는 일 년에 250일은 비가 온다. 그래서 스코틀랜드에는 비와 비에 젖는 것을 표현하는 단어가 상당히 많다. 당연하다.

위도가 높은 이 북부에서는 해가 천천히, 아주 천천히 저문다. 1월에는 해가 저물며 어두워지기까지 45분 정도가 걸린다. 그 어슴푸레한 빛 속에서 살고 있는 오래된 영혼들과 가까워지기에는 충분한 시간이다. 스코틀랜드에서는 하루의 이 무렵을 글로밍Gloaming이라고 부른다.

이 정원의 마지막 공간을 나 혼자만 누릴 수 있어 참으로 기쁘다. 공기는 한층 싸늘해지고, 돌담은 굳건하게 서 있다. 소란스런 세상은 아득히 멀다. 상상력이 풍부한 사람은 누구든지 이 홀로 있는 순간 속에 기쁘게 머물 것이다. 정말로 묻고 싶다. 침묵과 고독이 그렇게 견디기 힘든가?

실제로 대부분의 사람들이 홀로 있을 때의 침묵과 고독이 몹시도 고통스럽다고 생각한다. 그들이 견딜 수 있는 혼자만의 고요한 시간은 최대 6분이다. 과학적 사실이다. 6분이 되면 그들은 뭔가를 찾아서 들여다보거나 문자를 보내거나 업데이트를 한다. 잠시도 가만히 있지 못하는 이 사람들을 나는 1월의 던바 클로스 가든에 데려오고 싶다.

바로크 정원의 엄격한 설계와 겨울이라는 계절의 단순성 덕분에 정원을 가장 간소하게 경험할 수 있다. 한 파르테르에서 다른 파르테르로 걸어가는 내내 그저 당신과 길과 정원, 그뿐이다. 그것들로부터 당신의 주의를 흩어지게 하는 것이 전혀 없다. 당신과 길과 정원만 존재하는 그 순간에 온전히 머물 수 있다. 오직 1월의 던바 클로스 가든과 같은 정원에서만 가능한 경험이다. 그렇게 고독 속에 홀로 온전히 머무는 것은 안쪽과 바깥쪽의 거칠고 해로운 모든 것으로부터 안전하다는 느낌을 준다.

London

Physic Gardening for a Remembrance of Things Past

런던, 지나간 것들을 추억하게 하는 약용 정원

변화가 거듭될수록 처음 모습은 점차 사라진다

여행은 저렴했고, 섹스피스톨즈Sex Pistols, 영국 펑크록 밴드는 위험했다. 내가 런던에 처음 갔을 때 얘기다. 그때 나는 첼시에 있는 허름한 타운하우스에서 묵었다. 비앤비B&B 민박집으로 개조된 그 집의 방 한 칸이 하룻밤에 고작 5파운드였다.

오클리스트리트Oakley Street의 그 민박집에서 바로 모퉁이만 돌면 런던에서 가장 트렌디한 거리, 킹스로드Kings Road가 나왔다. 그곳은 펑크Punk −진짜 펑크, 불결하고 정치적이고 공격적이고 가난한 사람들의 펑크−의 중심부였다. 필라델피아 교외 출신의 스무 살짜리 나는 휘둥그레한 눈으로 킹스로드를 연거푸 왔다 갔다 했다. 옷핀을 꽂은 얼굴들과 사슬이 주렁주렁 매달린 찢어진 옷들은 내가 사진으로만 보던 것들이었다.

몬티파이톤Monty Python, 영국의 초현실주의 코미디 단체 한 명이 바로 내 옆을 지나갔다. 발목까지 오는 모피 코트를 입고 깃털 달린 실크 모자를 쓰고 있었다. 아니, 베레모였을지도 모른다. 아주 오래 전의 일이다. 그리고 그 모든 게 너무나도 쿨했다. 하지만 그건 정말로 지난 세기의 일이다. 그때 이후로 펑크는 그저 하나의 패션스타일이 되었다. 그리고 이제 첼시는 세련됨의 중심부다. 다이애나 왕세자비가 이곳에서 실크 조끼와 금으로 된 쥬얼리를 샀다. 오래 전에 내가 하룻밤 5파운드에 묵었던 방이 지금은 심플한 스튜디오아파트(욕실과 부엌을 갖춘 이런 단칸방을 영국에서는 베드싯bedsit이라고 부름)로 바뀌었고, 198,000파운드에 빌려 살 수 있다. 확실히 시대가 변했다.

나도 변해서 어느 덧 삼십대가 되었을 때 주말을 보내러 가끔씩 런던에 오곤 했다. 내가 가장 좋아하는 민박집은 미국 이민자가 운영하는 그 허름한 타운하우스였다. 그는 그 지역의 높은 수준에 맞추기 위해 항상 말끔하게 옷을 갖춰 입었다.

주인이 사는 3층 발코니에는 아름다운 대리석 난간이 있었고 마을이 한눈에 들어왔다. 내가 어렸을 때부터 상상해왔던 런던의 모습에 딱 들어맞는 풍경이었다. 발코니에서는 고상하고 우아한 주택과 정원들이 내려다보였다. 피터 팬과 메리 포핀스와 패딩턴 베어 같은 동화 주인공이 곧장 튀어나온 것 같았다. 거기에는 셜록 홈즈와 버티 우스터Bertie Wooster, 우드하우스(P. G. Wodehouse)의 소설 속 주인공의 분위기도 조금 있었고, 피터 윔지 경Lord Peter Wimsey, 도로시 세이어스(Dorothy Sayers)의 추리소설 주인공도 살짝 느껴졌다. 나는 영국 고전 문학을 많이 읽었다.

영국에 대한 모든 것 중에서 누군가의 뒤뜰을 정원이라고 부른다는 것을 아는 게 무엇보다 중요하다. 공동주택 뒤편의 겨우 손바닥만한 잔디밭일지라도 어쨌든 정원이다. 그 3층 발코니에서 보이는 정원들은 분명히 아주 별난 구경거리였다. 정원마다 서로 잇닿은 높은 담장으

첼시, 스완워크Swan Walk 350년 된 벽돌담이 빙 둘러쳐진 템스강 근처의 조용한 길.
그 담장 뒤에 숨은 정원으로 들어갈 방법을 알아내는 데 10년이 걸렸다.
그렇다, 입장권만 한 장 구입하면 그만이었다. 하지만 그게 말처럼 그렇게 쉽지 않았다.

로 둘러 싸여 있어서 마치 봉건시대의 미니 봉토들처럼 보였다.

　　첼시에는 정원을 둘러싼 그런 높은 벽돌담이 상당히 많다. 하지만 나를 궁금해 죽을 뻔하게
만들었던 벽돌담이 딱 하나 있었다.

정원의 문, 드디어 열렸다.

첼시 피직 가든_{Chelsea Physic Garden} 에 오신 걸 환영합니다.

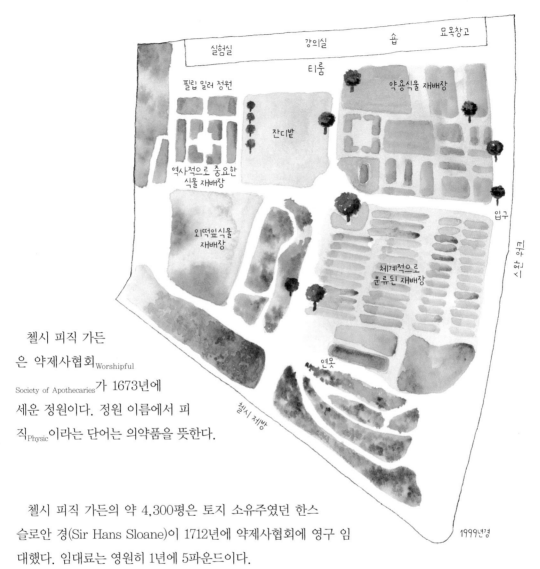

실험실 강의실 숍 묘목창고

티룸

필립 밀러 정원

약용식물 재배장

잔디밭

역사적으로 중요한 식물 재배장

외떡잎식물 재배장

체계적으로 분류된 재배장

입구

첼시 제방

연못

1999년경

첼시 피직 가든은 약제사협회Worshipful Society of Apothecaries가 1673년에 세운 정원이다. 정원 이름에서 피직Physic이라는 단어는 의약품을 뜻한다.

첼시 피직 가든의 약 4,300평은 토지 소유주였던 한스 슬로안 경(Sir Hans Sloane)이 1712년에 약제사협회에 영구 임대했다. 임대료는 영원히 1년에 5파운드이다.

첼시 피직 가든은 1983년이 되어서야 일반인에 개방되었다. 그해에 그곳이 자선기구로 바뀌면서 대중에게 문을 열어야만 했다. 그렇다고 해서 거기 들어가는 일이 훨씬 쉬워지지는 않았다. 내 기억으로는, 그때 개방 시간이 월요일 오전 두어 시간, 수요일에는 시간대가 달랐고, 목요일 한두 시간이었다. 이렇게 임의적인 입장 가능 시간과 나의 드문드문한 런던 여행 일정을 일치시키기는 쉽지 않았다. 1999년, 나는 대중을 외면하는 그 정원의 들쑥날쑥한 개방 시간에 완전히 통달했다. 이제 정원은 내 것이었다.

17세기 의료체계의 위계서열은 다음과 같았다

내과의사 : 고대와 현대의 온갖 미신에 대해 철저히 교육을 받았고, 진단과 처방에만 관여했다. 진료비는 10실링.

외과의사 : 의술이 미천하다는 이유로 내과의사로부터 경멸을 받았다. 주요 수입원은 사혈Bloodletting과 절단수술.

이발사 : 치료비는 외과의사보다 많이 받았지만 지위는 훨씬 낮았다. 치아를 뽑거나 그밖에 안면부의 간단한 수술 담당.

약제사 : 대개 찢어지게 가난한 행상꾼으로 각지를 돌며 약품 재료와 화장품과 과자를 팔았다. 1617년에 *식료품상 조합Grocers' Company으로부터 독립하여 약제사협회를 창립했다. 이 협회는 1673년에 사설 피직가든Physic Garden을 세워서 약제사 견습생에게 약용 허브 및 식물을 구별하고 이용하는 법을 정식으로 가르쳤다. 이것을 계기로 약제사가 전문직으로 급성장할 수 있었고 외과의사와 동등한 지위를 얻게 되었다.

REGISTERED CHARITY No. 286513

ADMIT ONE

Chelsea Physic Garden
FOUNDED 1673

LIMITED COMPANY
REGISTERED IN ENGLAND
No. 1690871

№ 56704

*주의할 점: 책을 쓸 때는 흔히 잘못 쓰이는 단어가 있을 경우 각주를 붙여서 바로잡아야 하지 않겠는가? 그로서Grocer라는 단어는 중세 영어로서 대량Gross으로 판매하는 사람을 뜻한다. 그로서리Grocery는 18세기 중반에 식료품상의 가게Grocer's shop라는 의미로 처음 사용되었다. 두 단어 모두 그로수스Grossus라는 라틴어에서 파생했다. 그러므로 그로서 또는 그로서리가 맞다. '쉬'로 발음하는 것은 잘못이다. 그러니 앞으로는 부디 그러지 마시길.

첼시 피직 가든에 대해 알아야 할 중요한 것들

첼시 피직 가든은 1673년에 설립된 이후 계속 존재해왔다. 교육용 정원으로 야심차게 출발했고, 마침내는 유럽 전역에서 가장 풍부하고 가장 이국적인 약용 및 관상용 식물 재배 정원으로 유명해졌다. 이렇게 경이로우리만치 다양한 식물들을 보존할 수 있었던 것은 높은 담벼락 덕분이었다.

사방으로 둘러친 벽돌담은 혹독한 날씨로부터 식물을 보호했다. 하지만 그보다 중요한 역할은 그것들이 열기를 가둔다는 것이다. 그럼으로써 피직 가든 내부에 바깥 기후와는 현저히 다른 미기후Micro-Climate를 형성하여 런던 한복판에서 열대 식물과 고산 식물이 함께 성장할 수 있게 해준다.

1685년에 이미 그 정원은 안데스 지역에서 자라는 키나Cinchona 나무를 건강하게 키우고 있었고, 그것으로부터 말라리아 치료제, 키니네를 생산했다. 당시에 키니네는 대단히 희귀하고 값비싼 약품이었다. 후대의 정원사들은 그 밖의 남아메리카 토착식물을 여러 종 키웠다. 그중 하나가 칠레의 토착식물, 브루그만시아 아르보레아Brugmansia arborea, 천사의 나팔로 야생에서는 멸종한 종이다.

첼시 피직 가든은 영국에서 파인애플 재배에 최초로 성공했으며, 이곳의 자몽나무는 이런 북쪽 지방에서도 여전히 열매를 맺으며 잘 자라는 중이다. 미국 식민지에서 제일 먼저 들여왔던 식물종들도 이 정원에서 성공적으로 번식했고, 일일초Madagascar periwinkle에게는 최초의 외국 서식지이기도 하다. 일일초에서 추출한 특정 알칼로이드는 백혈병 치료에 효과가 있다.

이런 내용을 읽기가 따분하겠지만 쓰는 나도 솔직히 그만큼 따분하다. 그리고 나는 과학적 사실과 각종 발견에 대해, 350년 동안 이 정원을 가꾼 총명하고 독창적인 큐레이터와 정원사들에 대해 얼마든지 써내려갈 수 있다. 그들은 돌팔이 행상꾼들의 상업학교로 초라하게 개장한 첼시 피직 가든을 서양에서 가장 중요한 연구개발 정원 중 한 곳으로 그 운명을 바꾼 이들이다. 하지만 이쯤에서 끝내겠다.

위의 간단한 소개글로 나는 정원 가이드로서의 임무를 다했다. 이제는 내게 정말 중요한 것, 내가 경험한 첼시 피직 가든 이야기를 할 수 있다. 그곳의 감미로운 퇴락에 대하여.

나는 벽돌담에 갇힌 첼시 피직 가든에서 무엇을 보게 될지
전혀 몰랐다. 하지만 장엄하게 허물어진 이 웅장한 풍광은
결코 실망스럽지 않았다.

내 말을 오해하지 않길 바라지만, 첼시 피직 가든은 폐허였다

첼시 피직 가든은 고풍스럽지만 퇴락한 정원처럼 보였다. 나처럼 영국 문학을 사랑하는 여자가 런던 한복판에 숨어있는 신비롭고 웅장하고 오래된 정원에서 보기를 기대할, 정확히 그런 종류의 풍경이었다.

허브와 식용식물 재배장에서는 온갖 야생 잡초가 뒤엉킨 덤불이 천천히 썩고 있는 듯한 냄새가 풍겼고, 눈에도 그렇게 보였다. 여러 종류의 웃자란 풀들과 군데군데 끼어있는 쪼글쪼글한 몇 송이 꽃과 부서진 나무껍질 같은 것들이 느릿느릿 썩고 있었다.

작은 숲에는 영국 나무들이 몸집은 작아도 씩씩하고 당차게 서 있었고, 덩굴식물 같은 것이 지나치게 번성해서 그 무게를 못 이기고 우울하게 축 늘어져 있었다. 그 밑에 서 있자니 중세 시대에 와 있는 느낌이었다.

약초 재배장의 자갈길은 양옆에서 제멋대로 무성하게 자란 식물들 때문에 좁디좁은 틈새로만 남았고, 독초를 경고하는 표지판 외에는 아무런 표시도 없었다.

'여긴 완전히 애거사 크리스티Agatha Christie 스타일'이라고 생각했던 기억이 난다.

게다가 정원에는 인적이 드물어서 나는 유령처럼 어슬렁거렸다.

나는 그 정원을 사랑했다.

퇴락은 품격을 지니고, 폐허는 영혼을 지닌다. 품위 있는 몰락은 대단히 장엄하다.

그렇게 걷다가 첼시 피직 가든 티룸을 알리는 간판을 보았다.

내가 이 공간을 훨씬 더 사랑하도록 만들 수 있는 것이 있었으니, 바로 차였다.

그것은 그렇게, 9월의 어느 오후에 달착지근한 허브들과 퇴락의 향기에 둘러싸여 거기에 있었다. 나는 접이식 의자에 앉아 영국의 햇빛을 받으며 금방 우려낸 아쌈 차를 마시고 오렌지 글레이즈 케이크를 먹었다. 피직 가든 티룸에서 일하는 자원봉사자들이 직접 만들어온 것이었다. 그리고 나는 알았다. 이곳이 내가 계속 찾아 헤맸던 완벽한 장소라는 것을. 바로 거기였다. 나를 행복하게 해주는 곳.

차를 다 마신 후 나는 내 일상을 계속 이어나갔다. 나를 행복하게 해주는 곳에는 차와 케이크와 퇴락의 향기가 항상 존재할 거라고 즐겁게 예상하면서 첼시 피직 가든에 대해 나는 여기까지만 이야기하고 싶다.

하지만 내게는 독자들에게 한 가지 더 알려줘야 할 언짢은 과제가 있다. 내가 경험했던 그런 첼시 피직 가든은 이제는 존재하지 않는다는 것.

첼시 피직 가든은 아주 많이 변했다

똑똑한 큐레이터와 정원사들로 꾸려진 새로운 팀이 그 오래된 공간을 재설계하여 21세기에 어울리는 세련된 곳으로 바꾸었다. 한때 잡초 더미처럼 보였던 축축하고 퀴퀴한 덤불들을 깨끗이 치우고 그 자리에 분류학과 계통학, 생화학 영역의 최신 연구를 보여주는 식물들을 전시했다. 식물을 새로 심은 재배장들은 세계 각지에서 피직 가든으로 계속 들여오는 각종 약용식물, 식용식물, 관상용식물에 대한 다양한 지식과 정보를 제공한다.

정원의 숲은 말끔하게 정리되었고 새로 마련된 야생식물 재배장 세 곳과 연결된다. 그 구역들이 함께 어울려서 약 612평 크기의 교육적이고도 사랑스런 미니 숲을 이룬다. 따뜻한 벽돌담 앞, 아늑한 곳에 울레미소나무도 한 그루 자라고 있다.

그리고 끝으로, 엉망으로 허물어진 암석정원(Rock Garden)도 엄청난 변화를 겪고 근사하게 다시 태어났다. 첼시 피직 암석정원은 영국에서 가장 오래된 바위정원일 뿐만 아니라 한때는 누가 봐도 유럽에서 제일 볼썽사나운 바위정원이었다.

꽤 오래 전에 마지막으로 보았을 때 나는 그곳이 매력적이라고 생각했다. 그때 그 암석정원은 볼품없는 돌무더기가 되는 대로 놓여 있고 비쩍 마른 식물들이 여기저기서 멋대로 자라던 질척거리는 언덕에 불과했다. 언덕 맨 꼭대기에는 거품이 부글거리는 물웅덩이가 빛바랜 비닐 방수포에 덮여 있었다.

나로서는 유감이지만, 지저분했던 암석정원은 전부 파헤쳐져 잔디로 곱게 단장했고 오래된 돌무더기들은 새로 분류되어 자연의 상태처럼 보이게끔 신중하게 재배치되었다. 썩어가던 물웅덩이는 이제 푸른 물이 찰랑거리는 아름다운 타원형 연못으로 변신했다. 예전의 암석정원 풍경과 기막히게 어울렸던 말라빠진 식물들은 갖가지 모양과 튼실한 줄기를 자랑하며 왕성하게 자란다. 게다가 이끼도 있다. 이제 암석정원은 첼시 피직 가든에서 방문객이 가장 많이 찾는 구역 중 하나다.

대중을 포용하겠다는 새로운 정책에 따라 첼시 피직 가든은 일주일에 40시간 개방한다. 심지어 겨울에도, 일요일에도 문을 연다. 게다가 주중 저녁 시간대와 토요일에는 하루 종일 그곳을 빌려 쓸 수도 있어서 사적인 호화로운 이벤트와 결혼식이 치러지기도 한다.

예전과는 딴판으로 변한 곳으로 방문객들이 몰려든다.

첼시 피직 가든이 영국 최고의 정원 중 하나라는 것을 그들은 이제야 깨달은 것이다.

런던 정원이 알려주는 팁, 변화를 받아들이세요

첼시 피직 가든에서 내가 꼭 다시 가보고 싶었던 곳은 오래된 티룸이다. 예전에 그곳은 연분홍색 벽이 둘러진 네모난 작은 방이었고 단조로운 회색 카펫이 깔려 있었다. 테이블이 두 줄로 나란히 놓여 있었고 테이블마다 방수포가 덮여 있어서 마치 학교 식당 같았다.

티룸 맨 안쪽의 테이블에는 수십 개의 잔과 소서가 놓여 있었고, 다른 테이블 위에는 친절한 티룸 자원봉사자들이 그날 아침에 부엌에서 구워온 케이크가 있었다. 케이크는 전부 16조각으로 잘려져 있었다. 조명은 형광등이었다.

케이크 한 조각과 차 한 잔의 가격이 내 정확한 기억으로 1파운드였다. 수익은 전부 그 정원학교의 운영비로 쓰였다. 교실 문이 케이크를 올려놓은 테이블 바로 뒤에 있었다. 첼시 피직 가든에서 내가 거기 그대로 영원히 존재하기를 소망했던 곳이 바로 그 티룸이었다.

하지만 당연히 그곳도 오래 전에 사라졌다. 이제는 탠저린드림Tangerine Dream이라는 레스토랑이 그 자리를 차지하고 있다. 크림색 벽과 밝은 나무색으로 꾸며진 레스토랑에 자연광이 넘치듯 흘러든다. 메뉴로는 이탈리아를 포함하여 유럽 여러 나라와 영국 전통 음식을 섞은 퓨전 요리와 데일리메일 지誌가 '지상에서 맛보는 천국'이라고 소개했던 요리가 있다.

일요일 브런치는 대개 그 지역의 부유한 이웃들이 북적거리며 찾을 만큼 인기다. 그곳의 오렌지 폴렌타 케이크가 먹다 죽어도 좋을 만큼 맛있다는 말도 들린다. 밖에서 식사하기를 원하는 이들을 위해 기분 좋은 야외 테라스도 마련해 놓았다. 두 사람이 와인을 곁들여 점심을 먹을 경우, 보통 50파운드다. 요즘의 첼시 물가로서는 꽤 싼 가격이다. 차는 물론이고 탠저린드림에서는 샴페인과 맥주와 와인도 서빙한다.

사회의 변화 속도를 당신이 좀체 따라잡지 못한다는 것을 알아차리기 시작하는 때가 온다. 대체로 서른 살이 지나고 오래지 않아 그렇게 된다. 당신이 이름도 들어본 적 없는 가수가 당신이 제목도 들어본 적 없는 노래로 1위를 차지한다. 패션 트렌드는 절대로 이해 불가해서 대체 누가 저런 걸 입을까 그저 의아할 뿐이다. 당신이 십대 시절에 숭상하던 아이돌은 손주를 안고 있다.

바로 이때에 이르면 과거에 대한 향수가 당신이 계속 살아나가기 위한 대처 기제가 된다.

"왕년에 말이지, 내가 잘 나갈 때는, 우리 젊었을 때는!" 당신이 입을 벌릴 때마다 타인은 당신을 귀찮아하고 당신은 스스로를 지겨워한다. 그러므로 첼시 피직 가든이 전통과 절교하고 신뢰할 수 있는 그 모든 오래된 방식을 수정함으로써 스스로를 재정의했다고 보면 어떨까. 그 정원을 찾아가면 이제는 샴페인도 한 잔 마실 수 있다고 내가 알려드렸던가? 물론 지난 십

년 간 첼시의 이 4,896평은 철저히 변형되었다. 그 독특했던 이 공간을 세계 어디서나 볼 수 있는 4,896평으로 만들었을 뿐이다. 하지만 모든 게 변한다. 그러니 받아들이시길.

나는 변화를 감내할 수 있다. 그것이 샴페인과 함께 서빙될 때는 특히.

Rio de Janeiro

The Once in a Lifetime Midnight Garden

리우데자네이루
한밤의 정원에서 맞은 일생의 한 번뿐인 순간

멍청한 짐꾸리기부터 시작된 여행

나는 어른처럼 짐을 꾸려야 했다. 드레스와 좋은 구두와 고급 쥬얼리를 챙겼다. 그때가 6월이어서 여행 가방에 겨울 코트도 한 벌 챙겨 넣었다.

나는 리우데자네이루에 아는 사람이 한 명도 없었다. 하지만 일단 거기에 도착하면 흥미로운 사람들을 수없이 만나게 되리라는 걸 알았다. 나는 영국 출신의 세련된 장식예술품 전문가의 조수 노릇을 하기 위해 그곳으로 가고 있었다. 그는 나의 브라질 여행 가이드가 될 것이고 또한 대화의 대부분을 담당하게 될 터였다. 그 예술품 전문가는 영국 귀족층의 악센트를 구사했다. 포르투갈어를 쓰는 이 나라에서도 사람들은 그걸 무척 좋아한다.

그건 그렇고, 리우의 6월 평균 기온은 섭씨 21도이다. 멍청이만이 겨울 코트를 챙겨 넣을 것이다. 나는 스스로에게 당부했다. 앞으로 8일 동안은 사장 앞에서 절대로 멍청하게 굴지 마, 제발. 정원 구경은 일정에 없었다.

리우의 700만 인구의 대부분은 북부지대_{Zona Norte}에 산다. 하지만 기막히게 아름다운 대서양 연안 마을들 때문에 세계적으로 유명한 곳은 조나술_{Zona Sul}이다.

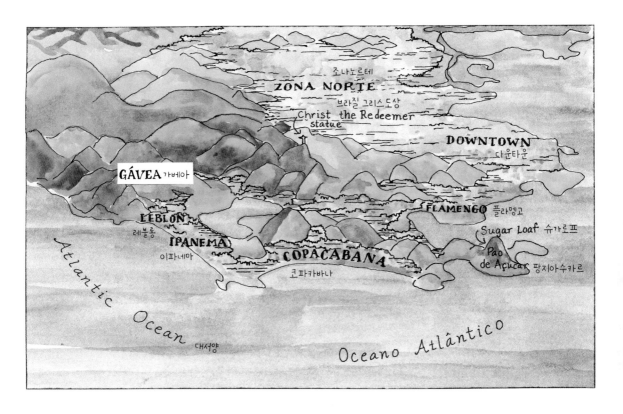

리우에 대해 내가 이제야 알게 된 것은 레블롱과 이파네마의 해변 마을은 라메리_{Lamerie} 은제품과 파베르제_{Fabergé} 달걀 같은 걸 사들이는 억만장자 콜렉터들을 보러 가는 곳이라는 것이다.

가베아는 언덕이 많은 부자 동네로 꼬리감는원숭이_{Capuchin monkey}와 귀에 빽빽하게 털이 난 비단원숭이_{Marmoset}가 돌아다니는 정글의 끝자락에 있다. 왕족의 칭호를 포기한 브라질 지식인들을 찾고 있는 사람이라면 가베아로 가야 한다. 그리고 결코 잊지 못할 한밤의 정원을 찾고 있는 사람도.

밤에는 꼭두새벽까지 이어지는 조나술 파티가 있었다. 낮에는 억만장자들이 소장한 조지 왕조 시대의 은제 이편_{Epergne, 식탁 중앙에 놓는 장식품}과 로마노프 왕조 시대의 물건들을 감정하는 비즈니스 미팅이 있었다.

슈가로프 산과 코파카바나와 플라멩코에 대해 내가 아는 것은 그때 리우의 펜트하우스 아파트에서 보았던 것들이 전부다. 나는 리우의 억만금 짜리 전망을 정말로 추천한다.

그렇긴 하지만, 리우에 머무는 동안 내가 만난 부유한 사람은 단 한 명이었다. 나의 영국인 사장의 말에 따르면, 영국에서 "부유하다_{rich}"는 단어는 "돈이 많다_{wealthy}"가 갖지 못하는 다른 의미를 갖는다고 한다. 자수성가한 억만장자들은 "돈이 많다" 하지만 영국 공작은 "부유"할 수 있다. 영어가 본토에서는 바로 그렇게 작동한다.

내가 리우에서 만난 부유한 신사는 역사적으로 유명한 성(姓)을 지닌 저명한 지식인이었다. 그리고 그의 가베아 자택에서 열린 디너파티에 참석하기 전까지 나는 그가 꽤 안목 높은 정원사라는 것을 전혀 몰랐다. 다른 손님들이 전부 돌아간 후 그의 아내는 친분이 두터운 영국인 예술품 전문가와 얼굴을 맞대고 앉아 전 세계 상류층의 요 근래의 집안 얘기—죽음과 채무와 이혼—에 대해 수다를 떨었다. 그러자 집주인이 나더러 같이 밖에 나가 정원이나 둘러보자고 했다. 그의 애완견이 따라나섰다. 상냥하지만 굼뜨고 멍청한 그 잡종견에게 그는 자기 이름을 붙였다.

그는 자본주의에 반대하고 비판적 교육학을 옹호하는 책들의 저자이며 그가 살고 있는 저택은 초현대적인 콘크리트 건물이었다. 때문에 나는 이 가베아의 뒤뜰에서 다소 형식적인 정원을 보게 될 거라고 지레짐작했었다.

하지만 완전히 헛짚었다.

그때까지 나는 그런 정원을 결코 본 적이 없었다.

포인세티아나무

내가 나고 자란 곳에서 포인세티아Poinsettia는 실내에서 키우는 자그마한 일회용 화초다. 높이 솟은 포인세티아나무, 1월 못지않게 서늘한 6월의 달빛을 걸러주는 그 가지들. 내가 꿈에서도 상상해본 적 없는 광경이었다. 그것을 떠올리면 지금도 나는 내 상상력이 가엾을 만큼 빈곤하다고 느낀다.

화가 루소가 생각나는 곳

앙리 루소 Henri Rousseau 는 평생을 프랑스에서 보냈다.
하지만 파리식물원과 파리동물원을 수시로 돌아본 후
루소는 자신이 단어로는 결코 표현할 수 없는 너무도
아름다운 세상에 살고 있다는 결론을 내렸다. 그래서
정글을 그리는 화가가 되었다. 그의 정글은 울창하고
몽환적이고 관능적이다. 그날 밤 나를 둘러싸고 존재
하는 것들이 그의 그림과 조금 비슷했다.

경외감이 절로 일었다

그 전까지 나는 정글 속에 있어본 적이 한 번도 없었다.

아닙니다, 집주인이 말했다. 이건 정글이 아니에요. 하지만 우리를 에워싸고 있는 열대 숲이 본래 모습으로 돌아가려는 본능은 상당히 강렬했고, 그 점에 대해서는 그도 인정했다. 그는 후원(그의 표현으로)에서 호흡하며 살고 있는 울창한 야생을 대서양림의 생명력으로 여기고 반겼다. 한때 그 영토를 강력하게 지배했던 대서양림은 권력을 되찾으려 몸부림치고 있었다.

대서양림은 브라질 동부의 약 133만 제곱킬로미터, 헤시피Recife에서 아르헨티나Argentina 국경까지를 뒤덮었던 거대한 원시 생태림이었다.

오늘날에는 숲의 극히 일부(원래 면적의 7퍼센트로 추정됨)만 훼손되지 않고 남아 있다. 장장 5세기에 걸친 인간의 정착과 약탈 때문이다. 최악의 피해자는 파우브라지우Pau-Brasil로 알려진 토착나무였다. 파우브라지우는 대서양림에서 가장 수익이 높은 수출품이었다. 그 수액이 가장 선명한 붉은 염료를 생산했기 때문에 파우브라지우는 산업혁명 이전 수세기 동안 주요 약탈 대상이었다.

요즘에는 검고 단단한 목재로 현악기의 최고 품질의 활을 만드느라 수요가 대단히 많다. 그렇게 끊임없이 베어낸 결과, 파우브라지우는 세계에서 멸종 가능성이 가장 높은 나무 중 하나가 되었다.

파우브라지우는 공교롭게도 브라질 국목(國木)이다. 브라질Brasil이라는 국명이 애초에 생겨난 이유가 바로 그 나무 때문이다. 파우브라지우 나무가 대량으로 거래되었기 때문에 초기 지도제작자들은 이 나라 전체를 그냥 브라질로 부르기 시작했다.

1861년에 황제 동 페드루Dom Pedro 2세가 리우데자네이루 주변 토지의 벌목을 중지시켰다. 그리고 가베아 지역의 약 32제곱킬로미터에 묘목 10만 그루를 심으라고 명했다. 전부 일직선으로 나란히 나란히.

350년 동안 조용히 숨어서 때만 기다려왔던 그 원시 정글은 황제의 반듯반듯한 격자무늬를 순식간에 집어삼켰다. 이제 그 지역은 대서양림의 이미지에 정확히 들어맞는 야생림이다. 거기서 자라는 나무의 54퍼센트, 야자나무과 식물의 64퍼센트, 파인애플과 식물의 74퍼센트, 난초과 식물의 30퍼센트가 세계의 다른 어디서도 발견되지 않는다.

Mata Atlântica
대서양의 식물

Zygopetalum mackayi Hooker
지고페탈룸 마케이 후커

Laelia purpurata
라일리라 퍼푸라타

Brazil wood pau brasil
브라질 나무, 파우브라지우

Atlantic Forest
대서양림

Worsleya procera
워슬레야 프로케라

이런 느낌이다. 깊은 밤, 당신은 새들의 노랫소리에 귀를 기울이다가 문득 눈을 들어 푸르게 빛나는 남십자성을 바라보고 달빛이 풍기는 서늘한 셀러리 향을 깊이 들이쉰다. 그리고 깨닫는다, 오늘 같은 밤은 평생 단 한 번이라는 것, 다시는 없으리라는 것을.

브라질 사람들은 이 느낌을 Saudade Sah-oo-dah-zghe 라고 부른다.

브라질에서 Saudade는 인생의 묘미다

어린 시절의 여름방학, 돌아가신 할머니의 페조아다_{Fejoada, 고기와 콩을 넣어 끓인 요리}, 첫 키스─이것들의 공통점은 브라질 사람들이 그 기억을 떠올릴 때 애정을 담아 한숨을 쉬며 이렇게 말한다는 것이다, Que Saudade.

브라질 사람들은 자신의 인간적인 정서를 이렇게 한 단어로, 즉 saudade로 표현한다.

내가 알고 있는 모든 브라질 사람들에게는 saudade가 번역 불가하다는 것이 일종의 자부심의 문제다. 하지만 내가 시도해보려 한다.

saudade :

이젠 더 이상 존재하지 않고 아마 앞으로도 결코 존재하지 않을 어떤 것에 대한 그리움

그 그리움이 끝이 없다는 것을 알고 있음에도 멈출 수가 없는 그리움

깊은 상실감과 결합된 깊은 슬픔과 우울

부재의 현존

saudade라는 개념은 브라질 문화에서 대단히 중요한 요소다. 브라질의 영혼을 충분히 이해하고 싶은 외국인이라면 saudade를 충분히 이해하는 것이 중요하다.

보사노바 음악의 고전으로 불리는 〈이파네마에서 온 소녀〉_{The Girl Form Ipanema}의 영어 가사는 완벽한 실패작이라고들 한다. 이유는 카리오카_{Carioca, 리우의 별칭}의 위대한 시인, 비니시우스 지 모라이스_{Vinicius de Moraes}가 지은 원래 가사에서 saudade를 빼버렸기 때문이다. 그렇게 보면 브라질 사람들은 허구한 날 슬퍼하며 사는 것 같다.

하지만, 2013년에 유엔이 발표한 세계행복보고서에 따르면, 조사에 포함된 149개국과 비교해서 브라질 사람들의 행복지수는 상위권이다. 그들은 어쨌든 saudade를 맨 처음 만들어낸 포르투갈 사람들보다 3.5배 행복하다. 3.5배는 미국과 우즈베키스탄의 행복지수 차이이며 영국과 리비아의 차이다. 정말로 슬픈 일들은 포르투갈에서 일어나고 있는 게 분명하다.

나는 거기에 행복의 성질에 대한 교훈이 숨어 있다고 생각한다. saudade가 행복을 얼마나 풍부하게 해주는가, 아주 작은 고통이 행복을 얼마나 배가시키는가, 슬픔이라는 그림자가 없다면 기쁨이 어떻게 존재할 수 있겠는가? 하지만 나는 saudade가 리우의 정원과 무슨 관계가 있는지를 알아내는 것에 더 관심이 많다.

리우데자네이루 정원이 알려주는 팁, 지구를 사랑하세요, 정원을 만들어 지구를 찬미하세요

브라질 여행에서 돌아온 후 몇 주 내내 나는 만나는 모든 사람에게 줄곧 이렇게 말했다. 포인세티아나무 밑에 서 있어 봤어?

우와! 라고 답한 사람은 한 명도 없었다. 내가 제대로 표현하지 못했던 게 분명하다.

바로 그래서 이 책을 쓰고 있는 것이다.

브라질을 여행한 당신에게 사람들이 어땠냐고 물을 때 그들이 정말로 듣고 싶어하는 얘기는 식물에 대한 게 아니다. 그들은 당신이 길거리에서 삼바를 추면서 밤을 꼬박 샜는지, 섹시한 리우 남자를 몇 명이나 사귀어봤는지가 궁금한 것이다. 대서양림 끝자락에 있는 오이포르비아 풀체리마Euphorbia pulcherrima에 대한 얘기는 관심 밖이다. 당신이 그것을 다른 이야기들 속에 끼워 넣지 않는 한.

그래서 이 책을 쓰기 시작했다. 나를 우와! 하게 만든 그 나만의 경험, 오직 나와 지구라는 생명체만 존재했던 그 순간을 다른 이야기들 속에 끼워 넣기 위해.

대부분의 정원사들에게는 매우 익숙한 경험이라고 나는 생각한다. 하지만 나로서는 바로 그날 밤, 가베아의 후원의 포인세티아나무 밑에 서 있을 때 난생 처음으로 특별한 식물에게 경외감을 느꼈다. 그리고 그날 이후로는 이 지구에서 자라는 풀과 꽃, 잡초, 덤불, 나무 중에서 특별하지 않은 건 하나도 없다는 것을 안다.

대서양림 가장자리의 정원에서 맞은 그날 밤으로 나는 결코 돌아갈 수 없다.

Que saudade.

하지만 정원을 보며 감동할 때마다 일생에 한 번뿐인 달빛 속의 포인세티아나무에 대한 그런 우와! 순간을 조금씩은 경험하게 된다. 참으로 행복한 일이다.

우리는 드넓은 우주 속의 티끌 같은 이 복잡하고 하찮아 보이는 아름다운 푸른 별을 돌봐야 할 의무를 떠맡은 존재다. 그것을 깨달은 이후로 우리 인간은 정원을 만들어왔다. 얼마나 크든 작든 간에 모든 정원은 그 자체로 의미가 있다. 하지만 모든 정원, 모든 곳이 존재하는 이유는 단 하나다. 그것들은 우리가 상상하여 창조했던 모든 에덴에 생명을 불어넣은 이 경이로운 지구에 경의를 표하기 위해 만들어진 것이다.